WetGrave

Alf Stiegler

WETGRAVE

Roman

Bibliografische Information der Deutschen Nationalbibliothek: Die Deutsche Nationalbibliothek verzeichnet diese Publikation in der Deutschen Nationalbibliografie; detaillierte bibliografische Daten sind im Internet über http://dnb.dnb.de abrufbar.

© 2016 Alf Stiegler
Herstellung und Verlag
BoD – Books on Demand, Norderstedt

ISBN: 978-3-7412-5581-6

Cover-Gestaltung und Illustrationen: Maik Schmidt
Lektorat und Korrektorat: Ulrike Strerath-Bolz, USB Bücherbüro

Besuchen Sie den Autor unter:
www.suspensiac.de
www.facebook.com/AlfStieglerAutor

Kapitel 1

Irgendetwas stimmte nicht. Das Shuttle war im Anflug, ein paar Bürger an Bord. Absolute Routine. Futter für die Arbeitsbases, Erholungsurlaub für die Securities. Und trotzdem fehlte der Statusreport.

Jules P. Warner ließ sich in seinen Drehstuhl fallen. Er war der Travel Consultant und dafür verantwortlich, dass der Basenet-Sprung heute reibungslos vonstatten ging. Also überprüfte er die Daten des Rechners zu seiner Rechten. Auch hier schien alles in Ordnung: Die Paralleldimension, die für die heutige Reise nötig war, unterlag kaum Schwankungen oder Fluktuationen, der Seeker beepte im Sekundentakt grünes Licht.

Der Sprung heute würde also verhältnismäßig ungefährlich sein.

Jules stand auf und warf einen prüfenden Blick in den Sprungraum hinter dem T-Terminal. Seine Schritte verklangen leblos auf dem Antisept, als er auf die unscheinbare Tür zuging. Er blieb stehen und verschnaufte.

Hinter der Tür befand sich ein Teil der wichtigsten Technologie des gesamten Basenets. Unter leisem Surren fuhr die runde Tür zur Seite und ließ Jules eintreten. Seine Knochen ächzten, als er sich bückte. Sogar die Luft in diesem Raum roch anders: so fremd, so *verstörend* – als ob die Gerüche all der fremden Welten hier ihre Spuren hinterlassen hätten.

Und da war er. Er füllte das kugelförmige Räumchen, eingelassen in die frequenzresistente Keramikwand.

Der Quantenwandler.

Äußerlich nichts weiter als ein aufrecht stehender Stahlring mit drei Metern Durchmesser. Aber die Technologie dahinter … Hyperfrequenzen. Jules rief sich ins Gedächtnis, welche Bedeutung die Entdeckung der Hyperfrequenzen für HypCon gehabt hatte, und leierte das Manifest des Kartells wie ein Gebet herunter: Hätte Robert Asimov im 23. Jahrhundert nicht die Hyperfrequenzen entdeckt, gäbe es heute keine TransDim-Sprünge, HypCon hätte nicht die Macht ergriffen und für Ordnung gesorgt – die Welt wäre in der Anarchie ertrunken, die noch im späten 21. Jahrhundert geherrscht hatte.

HypCon, der Heilsbringer. Nur nicht daran zweifeln. Jules´ Zweifel daran hatte ihm ja die nette Anstellung in dieser beschissenen kleinen Travelbase eingebrockt, nicht wahr?

Er wischte sich übers Gesicht, um die unerwünschten Gedanken los zu werden, und widmete sich dem Quantenwandler.

Auch er sah normal aus. Sein Summen klang gut, kein Hinweis auf Unregelmäßigkeiten. Jules quälte sich durch die enge Tür zurück in den Schalterraum, froh darüber, diesen unheimlichen Stahlring hinter sich lassen zu können.

Der Travel Consultant blieb hinter seinem Drehstuhl stehen, stützte sich an der Lehne ab und spähte nervös auf das Terminal. Noch immer keine Statusmeldung von den Securities. Er begann mit den Fingern auf der Lehne herumzutrommeln. Sollte er selbst eine Meldung absetzen?

Aber kaum waren ihm diese Gedanken durch den Kopf gegangen, zwitscherte sein Terminal bereits die verhasste Tonfolge, die ankündigte, dass die Autosteuerung angesprungen war. Es war zu spät für eine Meldung. Das Anflugmanöver des Shuttles auf die Travelbase war bereits eingeleitet.

Mit wachsender Beunruhigung begann Jules die Sprünge vorzubereiten, die heute nötig sein würden. Wenigstens gab es nur ein einziges Sprungziel für die gesamte Gruppe, und so musste er den Quantenwandler auch nur mit einer einzigen Hyperfrequenz füttern. Das zumindest war ein Vorteil heute. Es hasste es, wenn er diesen menschlichen Abschaum ins Basenet schleusen musste, aber wenigstens waren die Bürger nicht wählerisch, wenn es um die Auswahl ihrer Sprungziele ging. Sie sprangen dorthin wo die HypCon-Spitze sie haben wollte.

Anders als bei den Mitgliedern der Oberschicht. Von denen wählte jeder ein persönliches Ziel, und Jules musste ständig darauf achten, dass er den Quantenwandler aufgrund der häufigen Frequenzwechsel nicht überlastete oder vielleicht sogar ein Totes Tor produzierte.

Tote Tore …

Er erschrak über diesen Gedanken und versuchte ihn sofort zu verscheuchen. So etwas wie *Tote Tore* gab es nicht im HypCon-Manifest. Also tat man gut daran, nicht darüber nachzudenken.

Nicht nachdenken. Gute Idee. Jules drängte seine Grübeleien beiseite und betätigte den Taster: einen kleinen Schalter, der die durchsichtige Schutzverkleidung über dem T-Terminal nach oben fahren ließ. Dann tippte er den Frequenzcode für die heutigen Sprünge in die darunter liegende Tastatur.

Sofort erwachte der Quantenwandler und begann grollend zu vibrieren. Jules konnte die gewaltigen Energiemengen beinahe spüren, die der Metallring im Sprungraum aufsaugte.

Dann schaltete der Travel Consultant auf Sichtkontakt. Die Wand gegenüber seines Terminals verwandelte sich in einen riesigen Bildschirm und zeigte nach kurzem Flackern den Anflug des Shuttles auf die Travelbase. Jules lehnte sich zurück und betrachtete die Monitorwand, das blaue Schimmern der Erde, das darauf erschienen war. Grellweiße Wolkentupfen verwoben sich mit diesem Blau und versprühten eine Reinheit, die trügerischer nicht sein konnte. Nichts an diesem Anblick ließ einen vermuten, welcher Unrat sich auf seiner Oberfläche kräuselte und beständig vermehrte.

Die Erde. Der Abfallplanet. Heimat der Heimatlosen. Brutstätte des faulen Packs, das es nicht ins Basenet geschafft hatte. *Bürger.* Sehnsüchtig wanderte sein Blick weg von dieser verlogenen Schönheit, hin zu dem, was die Erde umkreiste.

Die Wiege der modernen Menschheit.

Die krönende Schöpfung HypCons.

Das Basenet.

Tausende und Abertausende von Bases kreisten im Orbit der Erde, ein dichter und verworrener Schwarm stählerner Miniaturplaneten. Die einen wälzten sich so träge durch das All, dass man meinen konnte, sie bewegten sich überhaupt nicht, und zwischen ihnen huschten kleine wendige Bases hindurch, wie verspielte Kinder durch die trägen Beine ihrer Eltern.

Obwohl ihre Flugbahnen vom Zentralrechner genauestens kontrolliert wurden, erschien es Jules jedes Mal wie ein Wunder, dass es bei diesem Gedränge nie zu Zusammenstößen kam. Die langsamen Bases waren meist groß und klobig, einige davon mit dreihundert Kilometern Durchmesser und mehr. In manchen wurden Rohstoffe verarbeitet und gelagert, die meisten aber waren geräumige Wohnbases, die den mittleren Klassen – Leuten wie ihm - als Lebensraum dienten.

Als die Nase des Shuttles auf der Monitorwand auftauchte, kehrte Jules in die Realität zurück. Das Schiff kroch über den Bildschirm, um dann aus seinem rechten Rand wieder zu entschwinden. Das ehrfurchtgebietende Logo, das auf die Flanke des Schiffs lackiert war, wurde von der Sonne entflammt: *HYPCON – Hypertravel Confederated*

Normalerweise wäre das der Punkt gewesen, an dem Jules gelächelt hätte, voller Bitterkeit, voller Abscheu. Er hätte darüber sinniert, wie beleidigend es war, dass ausgerechnet ein Shuttle dieses Logo trug – ein Shuttle!

Raumfahrt! Die niederste Art der Fortbewegung für die niederste Sorte Mensch.

Er hätte sich abermals darüber beklagt, dass ausgerechnet er, ein Mittelständischer, in einer Travelbase arbeiten musste, der einzigen Schnittstelle, die es Bürgern erlaubte, das Basenet zu betreten. *Bürger.* Erdenbewohner. Abschaum! Und diese Strafversetzung nur, weil er es gewagt hatte, laut darüber nachzudenken, ob es wirklich gerecht war, wie HypCon darüber entschied, wer in die Oberschicht aufsteigen durfte! An jedem anderen Tag hätte er sich wütend gefragt, wie lange er diesen hirnverbrannten Job hier noch erledigen musste, den auch ein Schimpanse machen konnte. Heute jedoch hielt ihn eine entscheidende Sache von all diesen Dingen ab:

Es gab noch immer keinen Statusbericht von den Securities.

Das Hangar der Travelbase öffnete sich bereits, um das Shuttle aufzunehmen. Das Donnern der Triebwerke war im luftleeren Raum zwar nicht zu hören, aber seine Gewalt war zu spüren. Jeder Gegenstand in der Travelbase begann zu beben und zu zittern, und Jules musste sich an seinem Tisch festhalten, als das Shuttle schließlich in der Hangarhalle aufsetzte und hereinrollte. Die Monitorwand zitterte unter den Vibrationen so sehr, dass Jules die Bilder darauf doppelt sah; er schaltete den Sichtkontakt ab.

Endlich ließ das Zittern nach, verebbte schließlich völlig.

Geisterhafte Stille.

Noch immer kein Lebenszeichen von den Securities.

Jules hielt es nicht mehr länger aus, schaltete auf Sprechkontakt und riskierte ein weiteres Disziplinarverfahren: „He!“, rief er. „Alles in Ordnung bei euch?“

Keine Antwort.

Die Transportroutinen arbeiteten ungerührt weiter. Das Hangar der Base schloss sich wieder, Luft strömte ein, der Atmosphärengenerator sorgte für die richtigen Druckverhältnisse. Jules konnte das Summen der Motoren hören und spürte den harten Ruck, mit dem sich das Hangar wieder verriegelte.

Dann fuhr die Monitorwand vor Jules in die Höhe, und die gewaltige Hangarhalle öffnete sich vor ihm. Das verbeulte Shuttle sah in der riesigen Halle wie ein erbärmliches Blechspielzeug aus.

Alle Geräusche in dem kleinen Schalterraum huschten hinaus in die Halle, wurden von den Metallwänden als Echo umhergeworfen und schienen zu zehnfacher Lautstärke anzuschwellen. Auch wenn die Atmosphärengeneratoren nun auf Hochtouren arbeiteten, waberten noch genug von den ätzenden Triebwerksdämpfen in der Hangarhalle; sie drangen in den Schalterraum ein, brannten in Jules´ Lungen und brachten ihn zum Husten.

Er vergaß das Husten allerdings schnell, als sich die Luke des Shuttles öffnete.

Vier Securities traten auf die Gangway hinaus in den Hangar und marschierten auf Jules und seinen Schalter zu.

Ihnen folgten die Bürger.

Zerlumpte Gestalten, die in das Licht hinaustorkelten und die Augen vor der ungewohnten Helligkeit zusammenkniffen.

Daran war nichts Ungewöhnliches.

Jules begann sich zu fragen, ob man im Shuttle einfach vergessen hatte, den Statusbericht abzuschicken … aber dann entdeckte er, dass die Plasmawaffen der Securities in ungesicherten Halftern umherschlackerten.

Jules furchte die Stirn. Ungesicherte Plasmawaffen? Bei einem *Bürgertransport?* Bürger waren normalerweise so verzweifelt dankbar, wenn man sie von der Erde holte, dass sie niemals auch nur ein Widerwort gegen einen Security richten würden. Wenn man einem Bürger während eines Shuttletransports auf den Teller schiss, würde er nach einem Löffel fragen und so lange schlucken, bis alles aufgegessen war. Und doch wirkte die Situation so angespannt, dass die Luft zu summen schien.

Die Securitys erreichten den Schalterraum und verteilten sich. Zwei von ihnen platzierten sich neben dem Terminal von Jules und zwei neben die Tür zum Sprungraum; ein Security betrat den Sprungraum, um dort die Bürger durch den Quantenwandler zu schicken.

Der letzte Security schritt betont ruhig und selbstbewusst auf Jules zu. Der Travel Consultant kannte sich wenig mit Rangabzeichen aus, glaubte aber, dass er es hier mit einem niedrigen Offizier zu tun hatte. *L.D. Ragoon* stand auf dem Namensschild des Mannes. Ragoon nahm das Order Display vom Ärmel seines Overalls und reichte es Jules. Jules überlegte, ob er eine

Floskel vom Stapel lassen sollte oder einen milden Scherz über den heutigen *Mülltransport* – denn als nichts anderes verstand man im Basenet einen Transport von Bürgern. Als er jedoch in Ragoons Gesicht blickte, schwieg er lieber. Die Wangenknochen des Offiziers mahlten, und eine Hand lag an seiner Waffe.

Jules nahm das Order Display entgegen und verglich die Frequenz darauf mit der Frequenz auf dem T-Terminal. Die Frequenzen waren identisch. Wie immer. Und wie immer schlichen sich diese Fragen in sein Hirn, die ihn beim HypCon-Kartell in Ungnade hatten fallen lassen: Warum sicherte sich die HypCon-Spitze derart ab? Frequenzvergleich, du lieber Himmel … Was war das Problem, wenn eine Ladung Bürger nicht am vorhergesehenen Sprungziel ankam? Spätestens beim zweiten Versuch würde man sie dort hinschicken, wo sie hinsollten.

Jules hoffte, dass ihm Ragoon diese Gedanken nicht ansah und bedeutete dem Offizier mit besonders zackigem Nicken, dass alles in Ordnung war.

Dabei war überhaupt nichts in Ordnung.

Eine lange Schlange Bürger quoll aus der Luke des Shuttles, verhärmt und verdreckt. Trotzdem sagte kein Security ein Wort; nicht die kleinste abfällige Bemerkung. Im Übrigen sahen die Bürger unversehrt aus. Keine blauen Flecken, keine Platzwunden, keine zerrissenen Kleider.

Fast schien es, als hätten die Securities es nicht gewagt, die Bürger nach den begehrten Relikten aus der Prä-HypCon-Ära zu durchsuchen.

Dann war der letzte Bürger aus dem Shuttle gestiegen. Die Securities jedoch rührten sich noch immer nicht; sie standen da und starrten auf die Luke des Shuttles. Schwarz und böse starrte die Öffnung zurück.

Jules riss sich von dem Anblick los und konzentrierte sich auf seinen Job. Er schickte die Bürger in den Sprungraum, jeden einzeln. Jedes Mal, wenn sich die Tür zum Quantenwandler öffnete, drang das Summen des Metallrings in den Schalterraum und legte sich bedrohlich über die angespannte Stille.

Jules versuchte, nicht auf die Nervosität der Securities zu achten, trotzdem fielen ihm die feuchten Stellen auf, die ihre verschwitzten Finger auf den Griffen der Waffen hinterließen.

Allmählich begann sich sein Unbehagen zu echter Angst auszuwachsen.

Jules zog den ID-Chip des nächsten Bürgers durch das Lesegerät. Er versuchte sich wieder ganz auf den Ärger zu konzentrieren, den er auf diesen verhassten Job zu empfinden pflegte.

Aber da ging ein Ruck durch die Securities.

Jules blickte auf. Erstarrte mit dem ID-Chip in der Hand.

Da trat noch jemand aus dem Dunkel des Shuttles.

Das Licht der Hangarhalle erfasste diese … Kreatur.

Jules traute seinen Augen nicht.

Das konnte kein Mensch sein.

Aber was sonst?

HypCon hatte den Kontakt zu allen außerirdischen Intelligenzen unter Strafe verboten – das wirtschaftliche

Gleichgewicht des Basenets war seit mittlerweile zwei Jahrhunderten gesichert und durfte nicht durch fremde Rohstoffe und Tauschmittel wieder ins Wanken gebracht werden. Und doch stand da dieses abstoßende Geschöpf in der Shuttletür und blickte auf sie herab.

Die Anspannung der Securities wurde so stark, dass Jules glaubte, die Luft knistern zu hören.

Die Kreatur war mindestens zwei Meter groß, hatte Arme so dick wie Hangarriegel und kinderkopfgroße Fäuste. Die Brust war breit und muskulös, die Beine hingegen wirkten kurz, schmächtig und schwach.

Aber der Eindruck täuschte.

Wenn man genauer hinsah, konnte man erkennen, dass diese Beine in ständigen geschmeidigen Bewegungen das Gewicht des gewaltigen Oberkörpers ausbalancierten. Jules schluckte. Warf einen kurzen Blick in das Gesicht des Geschöpfs, hielt diesen Anblick aber keinen Wimpernschlag lang aus.

Jetzt wusste er, warum die Securities keinen Status gemeldet hatten. Und jetzt wusste er auch, dass er einen Fehler gemacht hatte. Er hätte weiterleiten müssen, dass die Statusmeldung fehlte. Er hätte Verstärkung anfordern müssen. Im Shuttle selbst lehnte sich niemand gegen die Securities auf. Ein kleiner Kratzer in der Schiffshülle, und das Leben aller Passagiere endete so sicher wie qualvoll.

Aber hier in dieser Travelbase lag die Sache ganz anders. Die Wände waren meterdick und kein noch so großes Plasmaprojektil konnte sie durchschlagen. Und da es seit Jahren keinen Bürgeraufstand mehr gegeben hatte, waren die Shuttleflüge nur noch von wenigen schwach bewaffneten Securities begleitet, Frischlinge meistens, die außer Überheblichkeit noch gar nichts gelernt hatten. Die Eskorte war eher ein Statussymbol als eine echte Schutzmaßnahme.

Ragoon sah Jules wütend an, und der Vorwurf in den Augen des Offiziers machte deutlich, dass ihm gerade genau dieselben Gedanken durch den Kopf gingen.

Aber es war zu spät.

Keine Verstärkung da.

Dann trat der Riese auf die Gangway hinaus. Das Metall ächzte unter seinem Gewicht. Hinter ihm erschien noch jemand, und ein nervöses Summen ging durch die Reihe der Securities. Es war ein kleiner, grimmiger Mann mit schwarzen Haaren und blitzenden Augen. Er schlenderte hinter dem missgestalteten Riesen her und bohrte seinen hasserfüllten Blick in jeden einzelnen Security im Schalterraum.

Niemand rührte sich.

Nur Ragoon ballte die Fäuste und knirschte streitsüchtig mit den Zähnen.

Jules widmete sich wieder der Bürgerschlange, nahm ID-Chips entgegen, und versuchte, sie mit zitternden Fingern durch das Lesegerät zu ziehen.

Der Riese und sein Begleiter schlenderten auf den Schalterraum zu. Gelassen. Provozierend.

Voller Grauen beobachtete Jules, wie sich die beiden Gestalten in die Schlange der Bürger einreihten, als würden sie von den ganzen Schwingungen um sie herum nichts bemerken.

Der Soldat neben Jules begann nervös an seiner Plasmawaffe herumzufummeln.

Ein kleines Bürgermädchen am Ende der Schlange drückte sich fester an ihren erwachsenen Begleiter, als die Kreatur hinter ihnen stehen blieb. Sie sah zu dem Geschöpf auf, aber Jules stellte zu seinem Erstaunen fest, dass nicht nur Angst in dem kleinen Gesicht zu lesen war. Er schätzte das Alter des Mädchens auf etwa elf Jahre, und es war ebenso verdreckt wie sein Begleiter. Wahrscheinlich der Vater. Ein gebückter und verhärmter Mann mit eingefallenem Gesicht, die Lippen überzogen mit ersten Anzeichen der Kraterkrankheit.

Die Schlange der Bürger wurde kürzer, die beiden Gestalten kamen dem Sprungterminal immer näher. Mittlerweile fingerten alle Securities an ihren Halftern herum. Erste Plasmazellen piepten, Bürger zuckten zusammen. Die Waffen waren schussbereit.

Mittlerweile war die Schlange so kurz, dass die Monitorwand wieder nach oben fuhr. Das Shuttle verschwand dahinter, die Hangarhalle ebenfalls, und bald war die Gruppe in dem kleinen Schalterraum eingesperrt.

Jules keuchte, als die Klaustrophobie ihn packte.

Das Echo der Hangarhalle war verschwunden. Jules glaubte den Atem jedes Einzelnen im Raum zu hören. Schweigen. Sich öffnende Sprungraumtür. Summen. Sich schließende Sprungraumtür. Schweigen. Atmen.

Ragoon machte einen Schritt auf das Monster zu; das Geräusch seiner Stiefelsohle auf dem Boden zerriss die Stille.

Jules sah, wie die Farbe aus den Gesichtern der anderen Securities wich.

Das Ungeheuer jedoch starrte einfach über den Offizier hinweg. Jules rutschte auf seinem Stuhl hin und her. Entweder beachtete die Kreatur Ragoon einfach nicht, oder sie verstand nicht, dass dessen provozierender Blick ihm galt.

Der kleine Mann war anders. Er stützte sich an der Wand ab, scheinbar lässig, aber seine Augen funkelten zornig und wichen dem Blick des Offiziers nicht aus.

Ragoon begann den Riesen und seinen Begleiter zu umrunden. Der Riese beachtete ihn noch immer nicht, aber sein Gefährte verfolgte jeden Schritt des Offiziers. Die Situation knisterte, Jules spürte, dass sie kurz davor war, zu explodieren. Dann jedoch grinste Ragoon plötzlich.

Er wandte sich der Kleinen zu, die aufwimmerte und sich am Bein ihres verhärmten Begleiters festklammerte. Sie starrte den uniformierten Mann aus aufgerissenen Augen an.

Darauf reagierte der Riese nun doch.

Er richtete seinen Blick auf den Security; man konnte die Anspannung fast sehen, die sich wie eine Gewitterwolke über ihm aufbaute.

„Hallo, Bürgermädchen", Ragoons Stimme troff vor falscher Freundlichkeit. „Was hast du denn da Schönes am Handgelenk?" Grob riß er ihren Arm vom Bein des erstarrten Mannes; das Mädchen quiekte auf.

Der grimmige Mann an der Wand fuhr hoch, und sein Arm zuckte unter seine schwarze Robe, doch das

Monster drehte ihm ruckartig den Kopf zu, worauf er wieder in seine lauernde Wartestellung verfiel. Jules sah sich um, jeder Security hatte nun die Hand an der Waffe.

Das Mädchen wimmerte, als der Security ihren Arm verdrehte, um auf das daran befestigte Ding zu sehen. Donnerwetter. Wenn Jules sich nicht irrte, war das tatsächlich eine Digitaluhr! Die Mittelständler würden sich gegenseitig totschlagen, um ein derartig faszinierendes Stück Technik aus der Prä-HypCon-Ära zu bekommen. Ein Raunen ging durch die übrigen Securities.

Die Lippen unter Ragoons Eisaugen verzogen sich zu einem Lächeln. „Oh, ich nehme an, dass ein kleines Mädchen wie du gar nicht weiß, was es mit so feiner Technik anstellen soll." Der Offizier klang freundschaftlich, aber unter der Oberfläche seiner Stimme vibrierte etwas, was Jules die Brust abschnürte.

Ragoon seufzte, tat so, als würde er überlegen. „Was hältst du von einem kleinen Tauschgeschäft?" Die Risse in seinem freundlichen Tonfall wurden immer größer, die Drohung darunter immer deutlicher. Er ging auf die Knie und war so direkt auf der Augenhöhe des Mädchens. Der grimmige Mann spannte sich an, und das deformierte Gesicht der Kreatur an seiner Seite verformte sich auf furchteinflößende Art.

Der Security lächelte das Mädchen an.

Er hob die Brauen, als wollte er sagen: *Na? Was meinst du?* Die Kleine schluckte, sah zu ihrem Begleiter auf. Doch der zitterte nur, starrte geradeaus, half ihr nicht weiter. Völlig verunsichert kehrte ihr Blick zu dem Offizier zurück; Ragoon lächelte sie noch immer an, was ihr offenbar den Mut verlieh, ihn anzusprechen. „Ich …“, piepste sie, doch weiter kam sie nicht. Ragoon zog seine Plasmawaffe, stand auf und rammte die Mündung so heftig gegen die Schläfe ihres Begleiters, dass die Haut unter dem Metall aufplatzte. Er lächelte noch immer. „Eine Uhr gegen ein Leben“, sagte er, freundlich. „Klingt fair, wenn du mich fragst.“

Schnaubend stieß sich der grimmige Mann von der Wand ab, aber der Riese schlug ihm einen seiner Hangarriegel-Arme vor die Brust und hielt ihn auf. Der Grimmige prallte dagegen, krallte sich hinein, blieb jedoch, wo er war.

Ragoon ignorierte die Vorgänge um ihn herum vollständig. Er lächelte nur etwas breiter und verstärkte den Druck des Laufes auf die Schläfe, bis dem Bürger ein Stöhnen entwich. Blut rann aus der aufgeplatzten Haut, bahnte sich einen Weg über sein Ohr, wo es sich zu zitternden Tropfen sammelte.

Das Mädchen hatte zu weinen begonnen, sah den Offizier mit flehenden Augen an; sie nestelte mit bebenden Fingern am Armband ihrer Uhr herum. Als sie das Band endlich gelöst hatte, reichte sie die Uhr an Ragoon weiter. Der nahm sie ihr aus den Händen. Sein Lächeln flackerte. Wich einem Ausdruck falschen Bedauerns. „Zu lange gezögert …“, sagte er. „Ich fürchte, der Preis für ein Leben ist soeben gestiegen.“

Das Mädchen sah ihn hilflos an. Er strich mit dem Finger über ihren nackten Arm. „Zieh dich aus“, sagte er, und die drohende Freundlichkeit war wieder da. Aber diesmal ließ sich das Mädchen davon nicht einlullen. Angst begann sie zu schütteln. Offenbar hatte man ihr nicht vorenthalten, was Securities auf Shuttleflügen mit Bürgermädchen anstellten, um den Willen der übrigen Passagiere zu brechen.

„Na los!", brüllte Ragoon, und das Mädchen zuckte zusammen. Die Kleine begann heftiger zu weinen, aber sie rührte sich nicht. Der Offizier packte ihren Begleiter am Hals, rammte ihn gegen die Wand und bohrte die Waffenmündung tief in die Platzwunde. Blut begann zu strömen und auf den Boden zu tropfen; sein metallischer Geruch füllte den Schalterraum.

Es war, als hätte jeder den Atem angehalten. Da war nur noch das Schluchzen des Mädchens. Das Geräusch ihres Reißverschlusses.

Und ein Lachen.

Der grimmige Kerl neben dem Ungeheuer hatte tatsächlich zu lachen begonnen. In seinen Augen jedoch brannte der blanke Hass.

Ragoon drehte sich langsam zu ihm um, fast so, als hätte er auf diese Provokation gewartet, auf diesen Funken, der die Lunte entfachte. Er ließ den Begleiter des Mädchens los, nahm die Waffe von der Schläfe des Mannes und richtete die Mündung gegen den Lachenden. Auch die übrigen Securities zogen nun ihre Waffen, aber sie hielten sich mit Blick auf den entstellten Riesen zurück.

Der Grimmige starrte auf die Plasmawaffe, die sich gegen seine Brust drückte.

Sein Lachen verschwand.

Er sah dem Security in die Augen.

Dann spuckte er ihm ins Gesicht.

Ragoon reagierte nicht, sein Blick bohrte sich in sein Gegenüber; der Speichel des Grimmigen rann ihm über die Lippen, sammelte sich an seinem Kinn, wo er eine zähflüssige Träne bildete und sich schließlich an einem langen Speichelfaden zum Boden abseilte.

Da wusste Jules, dass der Offizier abdrücken würde.

Die Kreatur an der Seite des Grimmigen wusste das offenbar auch. Ehe Ragoon reagieren konnte, knurrte der Unhold einen unverständlichen Laut und schlug dem Offizier die Waffe aus der Hand, als wäre sie ein Spielzeug. Die übrigen Securities hoben ihre Waffen, doch da war das Ungeheuer schon bei ihnen und mähte mit seinen gigantischen Armen durch sie hindurch. Dabei schlug der Riese zwei Männer bewusstlos, packte einen, der ihn entsetzt anstarrte, und nagelte ihn mit seinen Pranken förmlich an die stählerne Wand, während er eine seltsame Waffe aus seiner Jacke zog und auf die beiden Securities richtete, die noch auf den Beinen waren.

Das war allerdings gar nicht mehr nötig.

Wie verängstigte Kinder starrten sie den Riesen an, und die Waffen fielen einfach aus ihren Händen.

Ragoon hatte den Tumult genutzt, um unbemerkt seine Waffe zurück zu ergattern. Er richtete ihren Lauf auf das Ungeheuer, aber die Kreatur machte keine Anstalten, ihn anzugreifen. Der Offizier wischte sich mit dem Ärmel übers Gesicht, betrachtete den Speichel, den er abgewischt hatte, und ließ seine Waffe aufpiepen. Nur hatte der grimmige Kerl die Zeit genutzt und ein seltsam blau knisterndes Gerät aus seiner Tasche gezogen. Er rammte es Ragoon ins Gesicht, ehe der die Mündung der Plasmapistole auf ihn richten konnte.

Der Offizier erstarrte in der Bewegung, bäumte sich zuckend auf, während ihm Speichel aus dem Mund schäumte. Der Geruch von verbrannter Haut erfüllte den Schalterraum. Jules nahm den Gestank kaum wahr. Fassungslos starrte er auf das knisternde Gerät in der Hand des grimmigen Mannes. Das war ein Tazer! Waffentechnologie aus dem 20. Jahrhundert. Auf den Besitz stand die Todesstrafe! Von dem unermesslichen Wert dieser antiken Waffe gar nicht zu sprechen …

Ragoon sank leblos zu Boden, und der grimmige Mann sah ihn lange an, wie um sicherzugehen, dass der Offizier auch wirklich liegen blieb. Dann hob er seinen Blick von dem Bewusstlosen und richtete ihn auf Jules. Der Travel Consultant spürte, wie ihm die Blase schwer wurde, als sich der Mann dem Terminal näherte.

„Hey Pressure", rief der Kerl, ohne Jules aus den Augen zu lassen. Das Ungeheuer fühlte sich offenbar angesprochen, sah auf und fing den Blick seines Kumpans ein.

„Halt diese Arschlöcher in Schach", verlangte der Grimmige. „Ich kümmere mich um die Frequenzen."

Dann richtete er sein Wort an Jules. „Du. Verpiss dich."

Jules sah ihn entsetzt an. Die T-Terminals waren mit dem Leben zu beschützen. Doch anstatt irgendetwas zu tun, fühlte Jules nur, dass er kurz davor war, in die Hose zu machen. Er konnte sich nicht rühren.

Der Grimmige verlor keine weiteren Worte. Er packte Jules am Kragen, und das Gerät in seiner Hand blitzte abermals auf. Zwei glühend heiße Punkte fraßen sich Jules in den Hals; seine Muskeln begannen unkontrolliert zu zucken; Schmerz explodierte, als Jules sich die Zunge zerbiss; Blut füllte seinen Mund, salzig und warm.

Der Schmerz verblasste, die Zeit schien langsamer zu vergehen. Es wurde dunkel. Jules spürte kaum, dass er das Gleichgewicht verlor und stürzte. Das Dröhnen, mit dem sein Kopf auf dem Boden aufschlug, kam aus weiter Ferne. Auch konnte er die Wärme, die seine Beine hinablief, kaum noch spüren, als er die Kontrolle über seine Blase tatsächlich verlor.

Kapitel 2

Pressure platzte beinahe vor Anspannung. Er wusste nicht, wie lange sich die Securities von ihm einschüchtern lassen würden, und Garris hatte nur bedingten Erfolg damit, die Bürger zu beruhigen und davon zu überzeugen, dass von Pressure und ihm keine Gefahr ausging.

Und das war ja auch kein Wunder, verdammt noch mal. Garris, das Arschloch. Sein verfluchter Jähzorn würde sie beide noch mal den Kopf kosten.

Allerdings hätte Pressure darauf vorbereitet sein müssen, dass Garris während des Shuttle-Fluges die Füße nicht still halten würde, bei all dem, was ihm die Hyp-Con-Securities angetan hatten. Wahrscheinlich konnte Pressure sogar froh sein, dass es bei den kleinen Provokationen während des Fluges geblieben war. Und er konnte froh sein, dass dieser Ragoon sich das bis zu ihrer Ankunft hier auf der Travelbase hatte gefallen lassen.

Pressure hielt einen Security noch immer am Hals gepackt und drückte ihn gegen die Wand. Er lockerte seinen Griff etwas und hörte beschämt, wie verzweifelt der junge Bursche nach Luft schnappte. Dann sah er nach den beiden Securities, die er bewusstlos geschlagen hatte. Er betete, dass sie noch atmeten. Sicher, sie waren ein Teil der HypCon, aber so jung, wie sie waren, dürften sich die Grausamkeiten auf ihrem Konto noch in Grenzen halten. Sie waren ja fast noch Frischlinge. Hier waren Garris und er die Aggressoren, auch nicht besser als die, gegen die sie sich auflehnten. Und das schmeckte Pressure ganz und gar nicht.

Garris hatte es mittlerweile tatsächlich geschafft, das Vertrauen der Bürger zu gewinnen. Er stand an der Tür des Sprungraumes und schickte die Bürger hinein, damit sie in die Arbeiterbases springen konnten.

Das kleine Mädchen hielt er auf und drückte ihrem Vater den Tazer in die Hand. Pressure wurde schlecht, als er die Erleichterung im Gesicht des Mannes sah. Aber selbst wenn man jeden einzelnen Bürger bewaffnen würde, man würde nie wieder etwas von ihnen hören.

Wer in die Arbeitsbases geschickt wurde, war für immer verschwunden.

Niemand wusste, was dieses verfluchte Kartell dort mit den Bürgern anstellte. Das war ja auch einer der Gründe, warum Garris und er jetzt hier waren. Doch für diese Bürger hier konnte jetzt niemand etwas tun. Sie hielten es für ein Geschenk des Himmels, dass sie der ausgeschlachteten Erde entkommen waren, und sie würden bis zum Tod kämpfen, wenn man versuchen würde, sie von ihrer Reise in die Arbeitsbases abzuhalten. Garris und ihm blieb nichts anderes übrig, als zuzusehen, wie die Leute ins Ungewisse sprangen.

Diese Gedanken kühlten Pressures Mitleid für die jungen Securities erheblich ab. Der Mann an der Wand stöhnte kläglich auf, als Pressures Wut auf HypCon wieder aufloderte und in seinen Griff floss.

Als endlich alle Bürger durch das TransDim-Tor verschwunden waren, trat Garris an das Terminal heran. In seiner Hand glänzte das Virusmodul. Garris wich Pressures Blicken aus, als er den Virus in das Terminal einspeiste.

Der Rechner las das infizierte Frequenzmodul. Das Sprungtor brach zusammen, und das Summen des Quantenwandlers verstummte für einen Augenblick. Pressure hasste diesen Moment der absoluten Stille. Es fühlte sich an, als würde die ganze Leere des Weltraums hier hereinkriechen. Dann endlich nahm der Quantenwandler seine Arbeit wieder auf. Mit bedrohlich ansteigendem Summen errichtete er ein Tor aufgrund der Frequenz, die ihm der Virus mitteilte.

Showtime.

Pressure entließ den Frischling aus seinem Würgegriff und rannte zum Sprungraum, wobei er beinahe auf der Pisspfütze des bewusstlosen Travel Consultant ausgerutscht wäre. Hastig öffnete er die kleine Tür und quälte sich hindurch. Drinnen hatte sich das Tor schon aufgebaut, und die Luftschicht, die von dem Ring umgeben war, schimmerte mattschwarz. Ewige Zeiten schienen zu verstreichen.

Scheiße, wieso lässt sich Garris so viel Zeit …

Der Virus würde das Tor nur kurz in dieser Frequenz schwingen lassen, dann würde es wieder in sich zusammenfallen, und kein Mensch im gesamten Basenet könnte jemals feststellen, wohin es geführt hatte. Zwar

war genau das nötig, um ihre Spuren zu verwischen, aber das minderte Pressures abgrundtiefes Misstrauen gegen solche Virenmodule keinesfalls.

Er betrachtete das Tor.

Eine stehende, summende Scheibe von drei Metern Durchmesser und vom Metallring des Quantenwandlers umgeben. Auch für Pressure ein Tor ins Ungewisse. Erst wenn er davor stand, wurde ihm jedes Mal klar, wie sehr er diese verfluchten Virusmodule hasste. Sie waren der letzte Ausweg, ein Glücksspiel für Verzweifelte. Und jedes Mal stellte sich die gleiche Frage: *Dieser Virus … ist er echt?*

Pressure kratzte sich den verformten Schädel, spürte, wie die Scharten seiner Fingernägel über die fleckige Haut schabten.

Wird uns der Virus zu unserem Kontaktmann und Informanten führen? Oder ist er eine Falle und spuckt uns direkt in die Arme der Securities?

Erst als Pressure Hautfetzen unter seinen Fingernägeln spürte, hörte er auf zu kratzen. Er nahm die Hand vom Kopf und ging so nah an die summende Scheibe heran, dass er den Ort auf der anderen Seite zu riechen glaubte. Und dann stieg sie doch in seinem Kopf auf, diese eine Frage, die er so verzweifelt niederzuringen versuchte: *Wird der Virus ein Totes Tor produzieren?*

Russisches Roulette. Jedes Mal.

Pressures Gedanken wurden jäh abgewürgt, als Garris fluchend in den Sprungraum eilte. Er hielt das Frequenzmodul in der Hand und betrachtete es auf eine Art, die Pressure auf den Magen schlug.

„Das gottverdammte Terminal wollte das Modul nicht wieder ausspucken!", knurrte Garris und versuchte, es nach einem unbedeutenden technischen Ärgernis klingen zu lassen.

Pressure jedoch wusste es besser.

Angst begann in seiner Brust zu lodern, und ehe er sich daran hindern konnte, sprudelten die Worte schon über seine Lippen: „Eine Falle? Glaubst du, es ist eine …" Pressure verstummte, als Garris aufsah. Garris konnte seinem Blick nicht stand halten. „Ich weiß nur, dass wir am Arsch sind, wenn die Frischlinge aufhören, sich vor dir deformiertem Bastard in die Hose zu scheißen", knurrte er. „Wir haben keine Wahl. Ob wir wollen oder nicht, wir müssen da durch."

Pressure wurde schwindlig. *Bitte*, dachte er, *nicht noch ein Totes Tor …* So viel Glück wie beim ersten Mal würde er nicht wieder haben.

Er starrte auf die Scheibe.

Sie hatte zu flimmern begonnen. Es waren die ersten Anzeichen, dass sie demnächst zusammenbrechen würde. Aber Pressure konnte sich nicht überwinden, hindurchzuspringen.

Totes Tor …

War das damals wirklich Glück gewesen? Er erinnerte sich an das formlose Licht und an die Stimme, die er gehört hatte. In seinem Kopf hatte sie vibriert, dunkel und sägend.

Halluzinationen, hatte Garris ihm später erklärt. *Der Frequenzschock in deinem Gehirn!*

Aber Pressure hatte diese Stimme gehört.

Abschätzig und kalt wie das Grab, in dem er sich schon geglaubt hatte.

OBERSCHICHT. VERBOTENES FLEISCH.

Nach diesen Worten hatte der Quantenwandler ihn wieder ausgespuckt und in seine Dimension zurückgeworfen – das hatte ihn zum einzigen Überlebenden eines Toten Tores gemacht … Aber auch zu der abstoßenden Lebensform, die er heute war.

Das Sprungtor flackerte.

Sie hatten keine Zeit mehr zu verlieren.

Durch!, befahl Pressure sich selbst, aber seine Beine taten keinen einzigen Schritt. Er war gelähmt von der Furcht, die seit dem schrecklichen Erlebnis wie ein Dämon an seiner Seele fraß.

Das Flackern des Sprungtores nahm zu, das Summen des Ringes wurde bereits leiser. Das Tor konnte jeden Augenblick kollabieren … Pressure berührte sein rechtes Auge – oder das, was davon übrig geblieben war: Seit ihn das Tote Tor wieder ausgespuckt hatte, war es blind. Es lag unter einer zugewachsenen Hautmembran und zuckte umher, als hätte es ein Eigenleben. Aber am schlimmsten hatte es seinen Kiefer erwischt: Kein Knochen mehr, nur die Zähne waren übrig geblieben und steckten in neu gewachsenem Muskelgewebe … wie lange Pressure gebraucht hatte, um das Essen und Sprechen neu zu lernen …

Er spürte, wie ihm der Dämon in die Beine kroch und sie in zitternde Stelzen verwandelte, die seinen gewaltigen Oberkörper kaum noch tragen konnten. *Lieber sterben*, dachte er, *als so etwas noch mal zu erleben*. Das wütende Gebrüll von Garris nahm er nur noch am Rande wahr; wie ein unbeteiligter Zuschauer glotzte er auf das Tor, das immer blasser wurde …

Dann traf ihn etwas hart im Rücken, er verlor das Gleichgewicht und taumelte schreiend auf das Tor zu, bekam noch einen Stoß … und fiel einfach hinein.

Kapitel 3

Pressure öffnete die Augen. Alles weiß um ihn herum. Rasender Kopfschmerz vernebelte ihm die Sicht, und erst allmählich schälten sich milchige Konturen aus dem weißen Nichts.

Garris stand über ihn gebeugt und schüttelte ihn. Pressure schlug die Hände seines Begleiters fort und versuchte aufzustehen, aber sofort begann der Schmerz hinter seiner Stirn wieder zu toben, und seine Beine knickten ein. Garris streckte ihm ungeduldig die Hände entgegen, um ihm auf die Beine zu helfen, aber ein Blick von Pressure hinderte ihn daran. Leise fluchend wandte Garris sich von ihm ab.

Pressure sah sich um. Frequenzresistente Keramik umgab ihn, an den Wänden hingen LifeSuits und die zugehörigen Refreshports signalisierten mit grünem Licht, dass die Überlebensanzüge voll aufgeladen waren. Die Mitte des Raumes nahm ein stummer Quantenwandler ein.

Das hier war also ein Sprungraum. Genau wie der, aus dem sie gekommen waren. Ein wenig Erleichterung wenigstens. Wohin das Frequenzmodul sie auch immer geschickt haben mochte, sie atmeten noch. Kein Security reckte ihnen die Waffen ins Gesicht.

Keine Tote Frequenz, die unser Fleisch zerfrisst.

Pressure massierte sich das zugewachsene Auge. Der Augapfel darunter zuckte noch immer unkontrolliert herum. Wenigstens der Kopfschmerz begann nachzulassen. Er versuchte sich zu sammeln und die Situation einzuschätzen. Im Augenblick schienen sie in Sicherheit zu sein, aber vermutlich taten sie gut daran, sich nicht von diesem Frieden einlullen zu lassen. Ihnen blieb nur eine Schonfrist. Die Frage war lediglich, wie lange die noch andauerte.

Pressure startete einen weiteren Versuch, auf die Beine zu kommen, aber sein Kopf begann abermals zu dröhnen, und er ließ sich wieder zurücksinken.

Garris schien beschlossen zu haben, dass sein Partner jetzt zumindest fit genug war, um Informationen aufzunehmen. er sah ihn an und öffnete wortlos die Tür des kleinen Sprungraums. Pressure konnte hören, dass dort draußen reger Betrieb herrschte. Er runzelte die Stirn.

Garris nickte sarkastisch. „Dein *vertrauenswürdiger Kontaktmann* hat uns in eine Wohnbase geschickt.“

„Eine *Wohnbase?*“ Pressures Kopfschmerz wollte einfach nicht nachlassen. „Bist du sicher?“

Garris zuckte mit den Schultern. „Unmengen an Mittelständischen. Unmengen an Sprungräumen. Kaum Securities.“ Er sah Pressure durchdringend an. „Als was würdest du das bezeichnen?“

Pressure massierte sich die Schläfen.

Er hatte eine stinkende Fabrikbase erwartet, ein verlassenes Shuttlehangar, etwas in der Art, aber ganz bestimmt keine Wohnbase.

Garris stand an der Tür, und seine Wangenknochen mahlten. Er hatte von Anfang an kein gutes Gefühl bei der Sache gehabt und sah seinen Verdacht nun vermutlich bestätigt.

Auch Pressure traute den Kontaktleuten nicht. Abtrünnige Securities. Alles, was sie ihm hatten zukommen lassen, war das Virusmodul und eine ominöse Zimmernummer. Pressure hasste solche Geschäfte, denn abtrünnig oder nicht, Securities blieben nun mal Securities, da half es auch nichts, dass deren Leben ebenso verwirkt wäre wie ihr eigenes, wenn man sie bei solchen Geschäften erwischte.

Voller Sorge sog er die verbrauchte Luft des Sprungraums ein und zermarterte sich das schmerzende Hirn. Den ungeduldigen Garris hielt er mit einer beschwichtigenden Geste zurück.

Warum eine Wohnbase? Dafür konnte es eigentlich nur einen Grund geben. Niemand würde erwarten, dass sie sich an einem derart ungewöhnlichen Ort zu verstecken versuchten. Die gesamte HypCon suchte ohnehin nach Outlaws und Techniksmugglern wie Garris und ihm, was die Sache gefährlich genug machte, aber das Frequenzmodul, das Garris und er gestohlen hatten, machten sie mit Sicherheit gerade zu den meistgesuchten Männern im gesamten Basenet.

Pressure verschnaufte. Der Vorfall in der Travelbase vorhin machte die Sache nicht besser. Sobald sich die Offiziere und der bewusstlose Travel Consultant von ihrem Tazer-Schock erholt hatten, würde das ganze verdammte Basenet nach einem kleinen, jähzornigen

Arschloch und seinem missgestalteten Komplizen suchen. Sie hatten nicht nur Waffentechnologie aus dem 20. Jahrhundert besessen, sondern diese auch noch benutzt. Wahrscheinlich wurde bereits jeder Winkel des Basenets durchsucht, der Garris und ihm als Unterschlupf dienen könnte.

Verflucht!

Genau das hatten sie vermeiden wollen. Deshalb waren sie nach dem Raub des Frequenzmoduls auf die Erde gesprungen und mit dem Shuttle ins Basenet zurückgekehrt. Um Spuren zu verwischen! Tja, aber dass Garris während dieses Fluges das Maul nicht halten würde, hätte Pressure sich eigentlich denken können …

Wenn man es genau betrachtete, hatten die abtrünnigen Securities fast hellseherischen Weitblick bewiesen, indem sie Garris und ihn hierhergelotst hatten, denn in einer Wohnbase würde man sie wohl tatsächlich als Allerletztes erwarten.

Garris lief trotz der beengten Verhältnisse ständig auf und ab; er kochte vor Ungeduld. Pressure ignorierte das. „Wie viele Securities hast du gesehen?", fragte er seinen Begleiter. Garris antwortete, ohne seinen Blick von der Tür zu nehmen. „Bei zwanzig hab ich aufgehört zu zählen."

Als Garris hörte, wie erschrocken Pressure die Luft durch die Zähne zog, sah er doch zu ihm herüber. „Das hier ist keine popelige Zweihundert-Mann-Base, verstehst du?" Er wischte sich übers Gesicht. „Die haben uns in die verdammt größte Base geschickt, die ich jemals gesehen habe. Zwei- bis dreitausend Sprungräume, mindestens, und so viele Mittelständische, dass man damit eine ganze Ruinenstadt auf der Erde neu bevölkern könnte." Dann wandte Garris sich wieder der Tür zu und spähte hinaus. „Man muss sich schon anstrengen, wenn man in dem Gewimmel da draußen überhaupt einen Security finden will."

Pressure lehnte sich an die Wand, ihm war schwindlig geworden. Offenbar hatten die Abtrünnigen sie nicht nur in eine Wohnbase geschickt, sondern in eine Basenet-Metropole. Das konnte eine Vorsichtsmaßnahme sein. Es konnte aber auch bedeuten, dass man bereits derartig umfassend nach Garris und ihm suchte, dass es kaum noch einen Ort gab, an dem sie untertauchen konnten. Es machte Pressure klar, zu was für einem instabilen Gerüst sich ihr Vorhaben aufgetürmt hatte und wie gründlich es sie zerquetschen würde, falls es zusammenbrach.

Aber für diese Zweifel war es jetzt zu spät.

Sie hatten das Frequenzmodul gestohlen, und jetzt blieb ihnen nichts weiter übrig, als diesen Weg zu Ende zu gehen. Jetzt blieb ihnen nur noch, herauszufinden, ob sich ihr Raubzug gelohnt hatte – es galt herauszufinden, ob das gestohlene Frequenzmodul tatsächlich die eine Frequenz enthielt, nach der sie so verbissen suchten. Und dazu brauchten sie die abtrünnigen Securities. Oder besser gesagt: Sie brauchten deren NetChart. Pressure traf eine Entscheidung. „Siehst du die Aufzüge in die Wohnsektoren?"

Garris lachte humorlos. „O ja. Im Zentrum der Base. In die fetteste Statiksäule eingelassen, die ich jemals gesehen habe." Er warf Pressure einen besorgten Blick zu. „Wird bestimmt ein Spaziergang, deine unauffällige Erscheinung dort hin zu schaffen."

Pressure ging nicht darauf ein. Sie wussten beide, dass es keine Alternativen gab. „Gib mir das Frequenzmodul", verlangte er.

Garris kaute an seinen Fingernägeln und spuckte die Stückchen auf den Boden. Er zögerte. Dann reichte er Pressure den kleinen Kasten und sah ihn ernst an. „Lass dich nicht auf Spielchen ein. Sobald die NetChart ausgespuckt hat, wohin diese Frequenz führt, drückst du den Abtrünnigen einen der Tazer in die gierigen Pfoten und schaffst deinen Arsch unverzüglich wieder hierher."

Pressure ließ sich den Plan noch mal durch den Kopf gehen, versuchte alle Faktoren so weit es ging zu berücksichtigen.

Garris begann zunehmend ungeduldig zu werden. Pressure wusste, wie gerne Garris ihn zu den abtrünnigen Securities begleitet hätte, um dort mit Gewalt zu bekommen, was Pressure mit Verhandlungen zu erreichen versuchte. Garris war noch immer so roh und wild wie damals, als Pressure ihn aus dem Stasis-Knast der HypCon befreit hatte, und das hatte ihnen, zusammen mit Garris´ Schmugglerinstinkten, schon mehr als einmal das Leben gerettet.

Aber jetzt sah die Sache anders aus. Für diese *Augen zu und durch*-Heldenscheiße war die Situation inzwischen zu brenzlig geworden. „Wir verbleiben dabei, wie wir es ausgemacht hatten", sagte Pressure. Garris verbarg seine Enttäuschung gut. Pressure legte ihm eine seiner Pranken auf die Schulter. „Ich gehe in die untere Halbkugel der Base. Mal sehen, ob es diese Zimmernummer wirklich gibt!"

Mal sehen, dachte er insgeheim, *ob mich dort wirklich nur Wyman erwartet oder ob mir das Security-Arschloch eine Falle stellt.* Doch diesen Gedanken sprach er nicht aus.

„Du bleibst in der Nähe der Sprungräume und passt auf die hier stationierten Securities auf", sagte Pressure. „Behalt sie gut im Auge." Garris wusste das natürlich alles, aber es würde nicht schaden, es ihm nochmals einzuschärfen.

Pressures Begleiter antwortete nicht. Geduckt wie eine Katze kauerte er im Sprungraum und schien darauf zu brennen, dass er endlich durch die Luke verschwinden konnte.

Pressure fasste unter seinen Overall und überlegte, ob er Garris *Katharsis* überlassen sollte. Als Druckmittel, falls Wyman ihm tatsächlich eine Falle stellte.

Nach kurzem Überlegen entschied er sich dagegen. Dazu wusste er zu wenig über den Katharsis-Virus. Er hatte bis heute nicht herausfinden können, was der Virus überhaupt bewirkte. Er wusste nur, dass jedes Mitglied der Oberschicht ein solches Virusmodul bei sich trug und nicht einmal zum Schlafen ablegte. Als ob sich selbst die Oberschicht vor irgendetwas fürchtete und den Virus als Druckmittel benötigte.

Besonnen nahm Pressure die Hand wieder aus dem Overall. „Wahrscheinlich haben wir in dieser riesigen Wohnbase tatsächlich die besten Chancen, unentdeckt zu bleiben“, sagte er zu Garris. „Aber trotzdem. Bleib wachsam. Wenn du irgendeinen Security siehst, der sich seltsam verhält oder der mir folgt – lenk ihn ab.“

Garris hatte bereits einen Fuß durch die Luke geschoben.

„Ach, und Garris …“

Missmutig hielt Pressures Begleiter inne.

„Ablenken hat nichts mit toten Securities zu tun, verstehst du?“

Kapitel 4

Als Garris schon in der Menge untergetaucht war, spähte Pressure selbst aus der Luke heraus. Der Anblick, der sich ihm bot, war so überwältigend, dass er fast wieder in den Sprungraum zurückgewichen wäre.

Das hier war der TransDim-Hafen einer Basenet-Metropole. Pressure hatte schon oft davon gehört, aber noch nie einen gesehen. Wenn man unter dem Radar der HypCon-Security zu bleiben versuchte, war es geschickter, sich etwas weniger zentrale Knotenpunkte für die eigenen TransDim-Reisen auszusuchen, und sein Vater hatte solche *Schmelztiegel des Fußvolkes* immer gemieden.

Trotzdem, es war atemberaubend.

Es war, als hätte man eine riesige Base in der Mitte entzweigeschnitten, die obere Hälfte der halbierten Kugel weggeworfen und stattdessen eine Glaskuppel darauf gesetzt. Vor Pressure breitete sich eine kreisrunde Fläche von mehreren Kilometern Durchmesser aus, überdacht von einer gewaltigen durchsichtigen Kuppel.

Der Sprungraum, den Pressure gerade verlassen hatte, befand sich am äußersten Rand dieser Fläche, dort, wo die Glaskuppel den Boden berührte. Und dieser Sprungraum war nur einer unter Tausenden. Rechts und links von Pressure befanden sich weitere Sprungräume, so weit das Auge reichte. Der gesamte äußere Rand dieser Halbkugel bildete einen lückenlosen Ring aus Sprungräumen.

In der Mitte der Halbkugel befand sich eine gewaltige Säule. Sie wuchs Hunderte von Metern in die Höhe und stützte die Glaskuppel an ihrem höchsten Punkt. Das musste diese Statiksäule sein, von der Garris gesprochen hatte. Dort mussten sich auch die Aufzüge befinden, mit denen man in die unteren Sektoren gelangte: in den Wohnbereich der Basenet-Metropole.

Die unzähligen Menschen hier strömten zwischen den Sprungräumen und der Säule im Zentrum umher, in sturen Schritten streng geradeaus, ohne auch nur einen Blick an das monumentale Panorama zu verschwenden, das sie umgab.

Das Schwarz des Alls wölbte sich über dem Trans-Dim-Hafen, Sterne funkelten, Bases flogen so nah an der verglasten Kuppelwand vorbei, dass man die Meteoritenkratzer auf ihrer Außenhaut erkennen konnte. Und hinter all den vorbeiziehenden Bases prangte die Erde. Gewaltig füllte sie das Blickfeld, so nahe, dass Pressure glaubte, den Wind hören zu können, der um ihre Gebirgskämme heulte.

Das milchige Blau der Erde bestrich den TransDim-Hafen mit weichem Licht und machte jede zusätzliche Beleuchtung überflüssig. Ohne die Lichtreflexe, die sich hin und wieder in der Glaskuppel brachen, hätte Pressure sich vermutlich in dem Gefühl verloren, völlig frei durch das All zu treiben. Dieser ganze Ort verströmte einen majestätischen Frieden, der einen fast vergessen lassen konnte, welches Unrecht im Basenet herrschte.

Aber genau das wollte Pressure nicht vergessen.

Er riss sich von dem Anblick los und versuchte, sich seiner Wirkung zu entziehen. Dabei wurde ihm klar, dass seine entstellte Erscheinung jetzt schon seit Minuten aus der Sprungraumtür hinausspähte, ohne Anstalten zu machen, diesen zu verlassen.

Aber auch darauf schien hier niemand zu achten. Vollkommen gleichgültig strömten die Mittelständischen an ihm vorbei, hatten nicht einen einzigen Blick für ihn übrig, und sogar die wenigen Securities, die es hier gab, interessierten sich mehr für ihre Order Displays als für das, was um sie herum geschah.

Pressure beschloss trotzdem, sein Glück nicht weiter auf die Probe zu stellen, und mischte sich mit hochgezogenem Kragen in den Menschenstrom, der auf die Säule im Zentrum zufloss.

Als er in den Massen untertauchte, erfasste ihn wieder dieses majestätische Gefühl. Die nach oben hin sich verjüngenden Wände waren so hoch, dass es hier kein Echo gab. Die Gespräche der unzähligen Reisenden verloren sich zu einem dezent murmelnden Stimmenteppich, der in der Weite über ihren Köpfen verklang.

Die Statiksäule im Zentrum der Wartehalle war gewaltig. Breit wie eine Wand wuchs sie in die Höhe, und an ihrem Fuß verdichteten sich die Mittelständischen zu einem Nebel aus Menschen. Pressure stellte sich vor, dass so die Wolkenkratzer auf der Erde ausgesehen hatten, bevor sie der Verfall zu Ruinen zerfressen hatte.

Während Pressure mit dem Strom der Mittelständischen verschmolz, bereitete er sich innerlich auf sein Treffen mit den abtrünnigen Securities vor. Wenn sich die Zimmernummer, die Wyman ihm genannt hatte, wirklich in den Wohnsektoren der Mittelständischen befand, dann würde ihn einer dieser Aufzüge dorthin bringen. Zu ihrem geheimen kleinen Treffpunkt. Zur NetChart. Und vielleicht zur brisantesten Entdeckung der letzten vier Jahrhunderte.

Ehrfurchtsvoll, fast ängstlich, griff Pressure nach dem gestohlenen Frequenzmodul. Sein Herzschlag beschleunigte sich. Wie bedeutend dieser kleine Kasten wäre, falls er mit seiner Vermutung recht behielt! Es könnte das Ende des HypCon-Kartells sein. Der Auftakt zu einer neuen Ära des Basenets.

Oder aber HypCon hatte herausgefunden, welche Suche Garris und er tatsächlich mit ihren Schmuggeltouren zu tarnen versuchten – dann könnte dieses Frequenzmodul ein Köder sein und dieses Treffen die Falle, die ihnen endgültig das Genick brach.

Pressures Beine begannen von dem langen Marsch allmählich zu schmerzen. Trotzdem wurde er nicht langsamer. Der Menschenstrom wurde immer dichter, und Pressure versank darin in einer wunderbaren Anonymität.

Dann hatte er die Statiksäule endlich erreicht. Sie war zu einer breiten Wand geworden und beherbergte die Aufzüge in die Wohnsektoren. Dicht an dicht standen die Aufzugtüren nebeneinander und öffneten sich unablässig, um Menschen aufzunehmen oder auszuspucken. Pressure ging an der Säule entlang und schlüpfte in einen freien Aufzug, dessen Tür gerade im Begriff war, sich zu schließen, um ohne Passagiere hinunter in die Wohnsektoren zu fahren. Sobald sich die Aufzugtüren endgültig geschlossen hatten, verschwand der majestätische Zauber des TransDim-Hafens fast augenblicklich.

Die Luft in der Kabine war ein wenig süßer und schwerer als unter der Glaskuppel und legte sich wie ein schweres, weiches Tuch über seine Gedanken. Erst jetzt wurde Pressure klar, wie erschöpft er eigentlich war. Er presste sich die Handflächen auf die Augen und versuchte das Gefühl von Müdigkeit zu vertreiben. Die Membran seines zugewachsenen Augenlids war heiß. Wenn er jemals einen klaren Kopf gebraucht hatte, dann jetzt.

Hier war er nicht mehr geschützt von einer anonymen Masse. Allein würde er nach der Zimmernummer suchen, allein würde er sich dem stellen müssen, was ihn in diesem Zimmer erwartete.

Er fummelte unter seinem Overall herum, nahm seine Hände von dem gestohlenen Frequenzmodul und ließ sie zu dem wertvollsten Besitz wandern, den er hatte: ein Revolver, geladen mit aufgebohrten Bleipatronen. Entwickelt im 19. Jahrhundert und von einer Effektivität, bei der jeder Security seine lächerliche Plasmaspritze vor Neid in die Ecke schleudern würde. Vor allen Dingen aber so selten, dass er auch dann ein schlechtes Geschäft machen würde, falls er sie gegen ein ganzes Shuttle eintauschte. Tja. Der Zugang zu solchem

Luxus war eben der Vorteil, wenn man selbst der Oberschicht entstammte.

Der Aufzug stoppte, die Tür glitt schnurrend auf.

Pressure trat hinaus in den Gang. Wachsamkeit durchsprudelte sein Blut wie Kohlensäure, und sein Blick schweifte in dem breiten, schummrigen Korridor umher. Die dicken Synthetikteppiche, mit denen der Gang ausgelegt war, verschluckten das Geräusch seiner Stiefel, jeder Schritt war ein kaum noch hörbares Flüstern. Es erfüllte Pressure mit Unbehagen. Hier konnte man sich so leicht an ihn heranschleichen wie ein Geist. Er selbst fühlte sich wie ein Gespenst, als er stummen Schrittes an den endlosen Reihen kühlroter Kunststofftüren vorbeiging. Dann fand er endlich die Zimmernummer, die er suchte.

Noch ein Blick rechts und links in die Gänge, aber außer dem Summen der Atmospärengeneratoren war nichts zu hören. Er atmete ein letztes Mal durch.

Dann öffnete er die Tür.

Kapitel 5

Hinter der Tür befand sich ein dezent eingerichtetes Wohnzimmer. Möbel aus hellbraunem Kunstleder schimmerten darin, derweil ein sauber glänzendes Panoramafenster einen Blick auf die Erde gestattete. Das Fenster war gewaltig, aber nach dem umfassenden Blickfeld in der Wartehalle wirkte es fast beengend. In der Mitte stand ein massiver Tisch, und hinter diesem Tisch stand ein junger, dürrer Security, der völlig entgeistert zusammenzuckte als er Pressures Gesicht sah. Der andere Security daneben war älter, wahrscheinlich Offizier. Er versuchte die Wirkung, die Pressures Erscheinung auf ihn hatte, hinter einer professionell kühlen Miene zu verbergen.

Das musste Wyman sein. „Wir haben eine Vereinbarung", sagte Pressure. Seine Stimme drang wie Donnerhall aus der breiten Brust, strömte in den knochenlosen Rachen und wurde von dem kleinen Mund in scharfe, zischende Worte verwandelt.

Pressure konnte spüren, wie die professionelle Kühle des Offiziers schmolz. Wyman schluckte, als er sah, wie Pressures Auge unter der zusammengewachsenen Hautmembran umherzuckte, aber er hielt dem Blick tapfer stand. Der Frischling allerdings war so verängstigt, dass er sich Halt suchend am Tisch abstützte. Pressure machte trotzdem nicht den Fehler, ihn zu unterschätzen, immerhin hatte der Bursche ein großes Plasmagewehr an der dürren Schulter hängen.

Erst nachdem der Offizier Pressures Blick lange genug standgehalten hatte, um zu demonstrieren, dass er sich nicht von ihm einschüchtern ließ, bequemte er sich zu einer Antwort. „Eine Vereinbarung“, sagte er kühl. „Selbstverständlich.“

Er zog ein kleines quadratisches Modul mit winzigem Tastenfeld aus seiner Tasche, verstöpselte es mit einer unscheinbaren Buchse in der Wand, und legte das Modul dann auf den Tisch. Über dem Gerät flackerte es kurz, dann baute sich das beeindruckende, fast raumumgreifende Hologramm einer NetChart auf.

Pressures linke Hand lag auf dem Frequenzmodul unter seinem Overall und begann bei dem Anblick zu kribbeln. *Hier und jetzt wird sich zeigen, ob es all die Mühen wert war.*

Der Offizier sah ruhig zu, wie Pressure um das Hologramm schlenderte; nur die zitternden Barthaare auf der Oberlippe verrieten seine Anspannung.

Pressure betrachtete die Chart indes genau.

Eine NetChart war die holografische Abbildung des Basenets. Die Erde, die von den Bases umrundet wurde, war nur als faustgroße Silhouette angedeutet, die Bases selbst waren in fotorealistischem Detailreichtum holografiert. Sie funkelten, als würde sich das Sonnenlicht auf ihren Metalloberflächen spiegeln. Fast schon beunruhigend lebendig.

Der Offizier räusperte sich.

„Dürfte ich…“

„Geduld bitte.“

Pressure nahm seinen Blick von dem Hologramm und bohrte ihn in den Offizier, fest entschlossen, die Zügel der Verhandlung in seinen Händen zu behalten. „Sie werden meine Ware überprüfen, ich überprüfe Ihre.“ Pressure schoss noch einen kleinen, drohenden Seitenblick auf den Frischling und registrierte zufrieden, wie dieser abermals ängstlich zusammenzuckte.

Dann wandte er sich wieder der Chart zu.

Ob die NetChart echt war oder nur ein billiges Simulationsholo, konnte Pressure nicht einschätzen. Alles, was er sah, war ein verwirrendes Netz aus Lichtbögen, das wie ein Gewitter über die Base-Hologramme huschte. Jeder aufblitzende Lichtbogen verband zwei Bases und signalisierte damit, dass im Moment dieses Aufblitzens eine Sprungverbindung zwischen den beiden bestand. Da Pressure nichts weiter übrigblieb als zu pokern, nickte er wohlwollend.

„Sieht ganz ordentlich aus.“

Er griff unter seinen Overall, ließ die Hand zu dem Tazer gleiten und zog ihn theatralisch langsam hervor. Als der Frischling das Gerät erblickte, wurde seine Furcht von einer Woge nackter Gier hinweggespült; selbst der Offizier konnte den Glanz in seinen Augen nicht unterdrücken. Um zu zeigen, dass das antiquierte Teil auch funktionierte, ließ Pressure den Tazer einmal aufknistern.

Das erzielte die gewünschte Wirkung.

Pressure hätte es nicht gewundert, wenn die beiden Securities über den Tisch gehechtet wären, um ihm das Ding aus den Händen zu reißen. Er legte das Gerät vor sich hin, gut sichtbar, aber schmerzhaft unerreichbar. Seine Kunstpause verlängerte er so lange, bis er sich einbildete, den Geifer der Securities auf den Boden platschen zu hören. Dann holte Pressure das gestohlene Frequenzmodul aus seiner Tasche. Er schob es über den Tisch. Der kleine Kasten schlitterte über die Platte, pflügte mitten durch das flimmernde Hologramm der Netchart und kam vor dem Offizier zum Stillstand. „Wohin führt mich dieser Frequenzcode?" Pressures Stimme war fest und streng.

Der Offizier runzelte die Stirn und sah auf den kleinen Kasten. „Ist das ein Scherz?", fragte er. Pressure antwortete nicht. Wyman spielte den Empörten. „Hören Sie, verschonen Sie mich mit solchem Unfug. Frequenzzielanalyse? So etwas ist eine Beleidigung für die Rechenkapazität der Chart."

Pressure hatte nicht die geringste Lust, einen Security in die sensible Lage dieser Frequenz einzuweihen. „Ich erwarte eine Antwort auf meine Frage", sagte er. „Den Tazer sehen Sie vor sich liegen. Ich würde es sehr begrüßen, wenn wir ohne langes Geplänkel zur Sache kommen könnten."

Der Offizier starrte durch die Chart hindurch und begann die Fassung zu verlieren. „Ich organisiere eine verdammte Netchart, eine *Netchart*! Haben Sie eine Ahnung, was ich dafür auf mich nehmen musste? Und die einzige Frage die sie klären soll, ist die, wohin eine ba-

nale *Frequenz* Sie führt?" Seine Barthaare vibrierten vor
Zorn. „Allein in den Sprungräumen dieser Base stehen
zweitausenddreihundertundsieben Sprungräume, die
alle von separaten T-Terminals betrieben werden! Alles,
was Sie tun müssen, ist diesen Frequenzcode dort ein-
zutippen, und schon wissen Sie, wohin … "

Pressure hörte Wymans Belehrungen so lange zu, bis
ihm der Geduldsfaden riss. Er schlug derart hart auf den
Steintisch, dass das Hologramm ungesund flackerte und
der Frischling ein weiteres Mal zusammenzuckte. Erst
als sich Pressure sicher war, dass alle vier Augen in
ängstlicher Erwartung auf ihn gerichtet waren, bellte er
den Offizier an. „Ich bezahle! Sie liefern! Was ich will
und wie ich es will!" Er schnaubte. „Glauben Sie, ich
würde ein derart riskantes Geschäft vereinbaren, wenn
ich diese verfluchte Frequenz in jedes x-beliebige T-
Terminal eintippen könnte? Die ganze beschissene
HypCon ist hinter dem Ding her! Und ich habe eine
stockdüstere Ahnung, wieso! Wenn ich diese Frequenz
in ein T-Terminal einspeise, dann muss ich auch durch-
springen – andernfalls hängen mir sofort tausend Securities am Arsch! Und ich werde bestimmt nicht noch
mal blindlings durch ein Tor springen, von dem ich
nicht weiß, wohin es mich führt, klar? Ein Totes Tor hat
mir gereicht!" Die Karikatur eines Lächelns verzerrte
seinen kleinen Mund. „Also bitte, seien Sie so gütig und
tippen Sie diese beschissene Frequenz in Ihre verdammte Chart!"

Der Offizier weigerte sich, Pressure in die Augen zu
sehen. Seine Wangenmuskeln arbeiteten, und er starrte

verbissen auf den Tazer auf dem Tisch. Offenbar half ihm das, seine Fassung wieder zu finden. Mühsam beherrscht tat er schließlich, was Pressure ihm aufgetragen hatte.

Der Frischling sah Pressure derweil entgeistert an. Er hatte von der Diskussion kein Wort verstanden. Natürlich nicht. Pressure beobachtete fast belustigt, wie sich quälende Neugierde im Gesicht des dürren Burschen ausbreitete. Kein Wunder. Es war für Securities der niedrigen Ränge ebenso strikt verboten, sich technisches Wissen anzueignen, wie für einen Mittelständischen oder gar für einen Bürger. Der Frischling rang mit sich selbst, und schließlich brachte er tatsächlich den Mut auf, Pressure zu fragen.

„Ein Totes Tor?", piepste er.

Der Offizier, der gerade dabei war, die Frequenz in die Chart zu tippen, blickte alarmiert auf und lauerte auf Pressures Reaktion. Pressure begann zu grinsen. „Ein Totes Tor führt durch eine Dimension, deren Hyperfrequenz mit unserer nicht kompatibel ist", erklärte er genüsslich.

Nur konnte der Frischling mit der Antwort nicht viel anfangen. Mit der Ratlosigkeit in seinem Gesicht hätte man Wände tapezieren können. Pressure grinste noch etwas breiter. „Du weißt nicht, wie die TransDim-Sprünge funktionieren, richtig?"

Das Schweigen des dürren Burschen war Antwort genug.

Der Offizier fummelte derweil an dem Modul für die NetChart herum, und mit jeder Sekunde wurden seine

Bewegungen fahriger. Er konnte es offenbar kaum ertragen, wie Pressure einen Grundpfeiler der HypCon-Gesetze einfach in den Staub trat und unter seinen Stiefeln zermalmte. Pressure beschloss, es noch ein wenig weiter zu treiben.

„Aber was Hyperfrequenzen sind, das weißt du?"

Der dürre Jüngling starrte verlegen auf seine Füße.

„Na gut, es dauert offenbar noch eine Weile, bis die Chart ausspuckt, wohin mich *meine* Hyperfrequenz führen wird. Nutzen wir also die Zeit." Pressure seufzte gütig, er spürte, dass seine Stimme ein wenig von dem harten Zischen verlor. „Fangen wir bei Null an. Es gibt nicht nur unsere Dimension, so viel ist dir aber bekannt?"

Erleichtert nickte der Bursche, der neugierige Glanz in seinen Augen gefiel Pressure um einiges besser als das gierige Geglubsche, mit dem er den Tazer bedacht hatte.

„Gut. Bevor von der HypCon jedwede Forschungstätigkeit verboten worden ist, glaubte man, dass es nahezu unendlich viele Dimensionen gibt, die parallel neben unserer existieren. Parallel bedeutet, dass sich diese Dimensionen gleichzeitig am gleichen Ort befinden. Hier, wo wir stehen …" Pressure machte eine raumumfassende Geste. „Hier, wo wir stehen, existieren unendlich viele andere Dimensionen." Die Stirn des Frischlings furchte sich angestrengt, und Pressure senkte verschwörerisch die Stimme.

„Du fragst dich, warum wir davon nichts mitbekommen? Das liegt an den Hyperfrequenzen. Schau dich um. Das Licht ist, wie du es gewohnt bist, die Zeit vergeht ebenso gewohnt und Gegenstände fallen nach unten. Natürlich, das ist unsere Physik, das ist unsere Dimension! Und das ist unsere Hyperfrequenz. Ausnahmslos jeder Gegenstand, jedes Körnchen Materie, sogar jede Nicht-Materie einer Dimension schwingt in ihrer spezifischen Hyperfrequenz. Die Hyperfrequenz ist der ID-Chip einer Dimension, wenn du so willst. So. Und nun stell dir vor, jemand würde es schaffen, diesen kleinen Raum in einer *anderen* Hyperfrequenz schwingen zu lassen. Was, glaubst du, würde geschehen?"

Der Frischling blickte angestrengt an die Decke und formte lautlose Worte mit seinen Lippen. Es rührte Pressure beinahe, wie sehr er sich bemühte, die Frage richtig zu beantworten. Als der junge Security eine Antwort gefunden hatte, stahl sich sein Blick schüchtern an dem Offizier vorbei, der diesen Dialog immer zorniger beäugte. „Diese andere Dimension würde hier vor unseren Augen erscheinen?"

Pressure schnippte halb lobend mit den Fingern. „Fast. Dieser Raum würde zu der anderen Dimension *werden*. Das Zimmer hier würde einfach verschwinden."

Der Frischling begann zu lächeln, als der Geistesblitz ihn durchzuckte. Die Stimme des Offiziers knurrte dazwischen, sie zitterte vor Wut. „Ich bin gleich so weit. Wenn Sie bitte die Güte hätten, sich der NetChart zu widmen."

Pressure bemühte sich um eine betont unschuldige Stimme, als er antwortete. „Oh, ich bin sicher, dass Sie mich darauf hinweisen werden, wenn das zu sehen ist, was ich sehen will." Er lächelte so unschuldig, wie seine Stimme klang, und schauderte innerlich vor Schadenfreude. „Wissen Sie, ich habe Ihrem Kollegen ja noch gar nicht alles erklärt."

Der Frischling schien von den negativen Schwingungen nichts mitzubekommen. Die neuen Informationen schlugen ihn vollkommen in ihren Bann, und als er sich wieder an Pressure richtete, klang seine Stimme deutlich kraftvoller. „Bedeutet das …" Er zögerte, schien seine eben gewonnene Vermutung noch einmal zu prüfen. „Sind TransDim-Sprünge etwa Reisen in … *in andere Dimensionen?*"

Pressure strich sich nachdenklich über das verschobene Kinn. „Nein", sagte er. „Und ja." Beinahe konnte er sehen, wie das Weltbild des Frischlings in dessen Kopf hin und her tanzte wie ein betrunkener Mittelständischer.

Pressure wollte sich gerade eine Antwort zurechtlegen, als sein Blick an dem Offizier hängen blieb. Der war so bleich geworden wie frequenzresistente Keramik. Sofort begannen Pressures innere Alarmglocken zu lärmen.

Die Frequenz.

Wyman hatte sie schon vor Minuten in die NetChart eingegeben! Die NetChart war an den Basenet-Zentralrechner angeschlossen, eine Datenbank, die jegliche Information über jede Base besaß, die die Erde umkreiste. Warum konnte die Chart keine Information über die eingegebene Frequenz finden?

Das ist eigentlich unmöglich …

Pressures Schadenfreude wich einem klammen Misstrauen. War das hier doch eine Falle? Er tastete nach *Katharsis* in seiner Tasche. Es war der verzweifelte Griff nach etwas, das er für seinen allerletzten Trumpf hielt, obwohl er noch immer keine Ahnung hatte, wie es funktionierte. Wenigstens würden es die Securities für ein harmloses Frequenzmodul halten, falls sie es schafften, ihn zu überrumpeln.

Ruhig Blut, beschwor er sich. *Noch ist nichts geschehen.*

Außerdem war Pressure beileibe nicht wehrlos. Verstohlen griff er nach dem Revolver in der Tasche seines Overalls. Nach außen gab er sich ruhig, tat so, als würde er voll in der Rolle des Dozenten aufgehen.

„Man reist nicht *in* eine andere Dimension", belehrte er den Frischling, „sondern *durch* sie hindurch. Durch das Sprungtor: das nämlich schwingt in der eingegebenen Hyperfrequenz."

Der Frischling griff sich gequält an den Kopf. „Soll das heißen, diese kleine dünne Scheibe, die man täglich in den Sprungräumen durchschreitet … Soll das heißen, wenn man sie durchbricht, durchquert man eine andere Dimension?"

Pressure nickte ermutigend. „Korrekt. Es ist eine *Reise* von wenigen Nanometern Länge."

Der Frischling nickte angestrengt, „Aber wie kommt dann mein Zielort auf die andere Seite des Sprungtores?"

Pressure drehte sich zu dem Offizier, um zu sehen, ob die NetChart nun endlich etwas herausgefunden hatte oder nicht. Wyman beachtete ihn jedoch nicht, murmelte beunruhigt vor sich hin, während er an dem Chart-Modul herumfummelte. Misstrauen breitete sich wie eine dicke schwarze Wolke in Pressure aus, aber er durfte keine Unsicherheit zeigen. Gezwungen ruhig sprach er weiter.

„Hm. Das ist schon etwas schwieriger, aber ich werde versuchen, es in einfachen Worten zu erklären. Jede Dimension hat ihre eigenen physikalischen Gesetze und vor allem ihre eigenen Raumverhältnisse. Stell dir vor, wir brächten uns selbst und diesen Raum dazu, in der Hyperfrequenz einer Dimension X zu schwingen. Du erinnerst dich sicher, dass wir uns dann nicht mehr in diesem Raum hier befänden?"

Er wartete auf ein bestätigendes Nicken des Frischlings. Dann machte er einen großen Schritt. „Wir sind also in Dimension X, und ich habe einen Schritt in Dimension X getan. Jetzt stell dir vor, der Raum würde wieder die Hyperfrequenz unserer eigenen Dimension annehmen. Wo würde ich stehen?"

Der Frischling deutete auf Pressures Standort.

„Nicht genau dort?"

„Nein."

„Wo dann?"

„Das kommt auf die Raumverhältnisse und die Physik von Dimension X an. Vielleicht tatsächlich hier, wo ich jetzt stehe, aber dazu müsste Dimension X genau die gleichen Raumverhältnisse haben wie unsere eigene Dimension – und das ist so gut wie unmöglich. Viel wahrscheinlicher ist, dass ich mich ganz wo anders befände. In einer anderen Base vielleicht, oder im Orbit um den Mars. Vielleicht aber auch in einem Sonnensystem, das noch nie zuvor jemand gesehen hat, oder aber nur am anderen Ende dieses Zimmers.

Ein Zentimeter Entfernung in Dimension X kann einen Kilometer in unserer Dimension bedeuten, oder Tausende, oder … ich denke, du weißt, worauf ich hinaus will.“

Der Frischling war so fasziniert, dass er sein Plasmagewehr abnahm und in die Ecke stellte. Mit großen Augen hörte er Pressure zu.

„Tja“, fuhr der fort, „und diese Unterschiede in den Raumverhältnissen nutzt man, um die Entfernungen zwischen den Sprungzielen auf die wenigen Zentimeter zu verkürzen, die der Dicke eines Sprungtores entsprechen.“

Er hätte dem Burschen jetzt noch erklären können, wie die genauen Zielberechnungen des Basenetrechners funktionierten, wie die Seekerimpulse die realen Base-Bewegungen in unserer Dimension mitverrechneten, aber dann würde der Schädel des jungen Securities warscheinlich zu tausend blutigen Splittern zerplatzen. Außerdem war es an der Zeit, sich dem besorgniserregend schweigsamen Offizier zu widmen.

Pressure wandte sich Wyman zu.

Die Netchart projizierte noch immer das Basenet-Hologramm in den Raum. Das Bild wurde heller und wieder dunkler, als ob das Programm kurz davor stünde, unter der Last der Rechenoperationen zusammenzubrechen.

„Sagten Sie nicht, mein Anliegen wäre ein Witz?“, fragte Pressure. „Eine Beleidigung für die Rechenkapazität des NetChart-Programms?“

Das angespannte Zischen in seiner Stimme war wieder da.

Der Offizier schwieg, hackte unablässig auf das Modul ein; Schweiß glitzerte ihm auf der kahlen Stirn und verfing sich in dem blonden Bart, der sich so schwungvoll über die Oberlippe bis zu den Ohrläppchen erstreckte. Die schwarze Misstrauenswolke in Pressure begann immer bedrohlicher zu grollen.

Dann hatte er genug.

Pressure schritt auf Wyman zu, und der Offizier sah erschrocken auf. „Ich habe keine Ahnung“, stotterte er verstört, „ich …“

Pressure stieß den Mann grob zur Seite und warf einen Blick auf das winzige Tastenfeld des Moduls. In roten, hoffnungslos veralteten Digitallettern blinkte ständig ein und dasselbe Wort auf:

PROCESSING --- PROCESSING --- PROCESSING

Das konnte alles bedeuten.

Aber da er es mit Securities zu tun hatte, bedeutete es wahrscheinlich nur eins: Wyman versuchte Zeit zu schinden. Er versuchte Pressure hier festzuhalten.

Man hatte ihm hier also doch eine Falle gestellt.

Kapitel 6

Garris war schon lange vor Pressure im Gewühl der Wartehalle untergetaucht und beäugte die Securities. Lässig und herablassend schlenderte das Pack durch die Leibermassen der Mittelständischen, aber wenigstens legte niemand ein verdächtiges Verhalten an den Tag. Garris ließ sich weitertreiben; niemand achtete auf ihn, er versank wie ein Kiesel in den Wogen dieses Menschenmeeres.

Es kostete ihn alles, was er an Beherrschung aufbringen konnte. Jedes Mal, wenn er einen der Mittelständischen berührte, schauderte er vor Abscheu. Sie waren so glatt, so willenlos und so ununterscheidbar, dass Garris halb darauf wartete, gleich die hauchdünnen Fäden zu erblicken, an denen sie durch den Saal gezogen wurden. Den dekadenten Prunk, der sie umgab, schienen sie nicht einmal wahrzunehmen. Was es gekostet haben musste, diese verglaste Base zu errichten! Aber niemand schenkte dem imposanten Anblick auch nur eine Sekunde Aufmerksamkeit. Sie krochen mit ihren unbeweglichen Gesichtern bald hierhin, bald dorthin, den leeren Blick stur geradeaus gerichtet. Garris spürte, wie sich sein Zorn regte, aber er musste ihn unter Kontrolle behalten.

Er versuchte sich abzulenken. Warf einen Blick auf die Säule in der Mitte der Base. Ein Security stand an einem der Aufzüge dort und glotzte auf sein Order Display. Sofort erstarrte Garris. Alarmiert sah er sich nach den anderen Securities um, aber diese waren momentan in dem Gedränge nicht zu sehen. *Nur nicht paranoid werden*, dachte er. *Securities kommunizieren über Order Displays. Alles ganz normal. Kein Grund zur Panik.*

Garris sah betont entspannt aus der Kuppel und betrachtete die Erde. Sie glotzte zurück, als wollte sie um Hilfe schreien. HypCon. Das Wort blitzte heiß hinter seiner Stirn auf. HypCon bezeichnete sich als ein Kartell, das sich der „Koordination des TransDim-Handels" verschrieben hatte, aber verflucht noch mal, das war doch schon zwei Jahrhunderte her!

Ehe er seine wütenden Gedanken vertiefen konnte, erblickte er zwei weitere Securities.

Auch sie starrten auf ihre Order Displays.

Scheiße.

Irgendetwas musste schiefgelaufen sein. Also hatten sie Pressure doch eine Falle gestellt. Garris pirschte sich an die Säule mit den Aufzügen heran und taxierte die Securities, während er das Halfter seines Revolvers öffnete. Scheiß auf Pressure und seine verdammte Zurückhaltung. Wenn ihn einer dieser Bastarde auch nur falsch ansah, würde Garris sein Gehirn über die Statiksäule verspritzen.

Securities.

Handlanger HypCons. Mittäter dieser verfaulten Epoche, die jede Kultur und jede Moral in ihre Abgründe saugte wie ein riesiges schwarzes Loch. Hyp-Con ließ Bürger wie ihn auf der Erde zurück und überantwortete sie den Katastrophen, den Seuchen und dem Elend, das dieser Planet in seinen Todeszuckungen ausstieß – Todeszuckungen, für die HypCon verantwortlich war!

Alle Rohstoffe der Erde hatte das frisch gegründete Kartell mit Hilfe der TransDim-Technik zu außerirdischen Kulturen geschafft und dabei ein solches Vermögen angehäuft, dass es das Basenet errichten konnte. Die Menschheit sah diesem Treiben tatenlos zu, geblendet von den Versprechungen, ein besseres Leben im Basenet führen zu können. Durch HypCon und die Verbreitung der TransDim-Technik war die menschliche Rasse bald reicher als jede andere Spezies, die über die Sprungtechnologie des Basenets ihren Handel trieb.

Und dann hatte HypCon einfach den Handel abgebrochen. Bei Todesstrafe verboten. Das Kartell hatte sich ins Basenet zurückgezogen, alles Vermögen an sich gerafft und die gehörnten Erdenbewohner ihrem Schicksal überlassen. Jedem, der kein Mitglied des Kartells war, hatte man *untersagt*, jemals wieder einen Fuß in das Basenet zu setzen! Es sei denn, HypCon schickte sie als Arbeitskräfte in die Fabrikbases. Nur hatte nie jemand eine dieser Fabrikbases gesehen!

Diese Gedanken tobten durch Garris´ Kopf, bis er endlich einen Security in seiner Reichweite erblickte. Auch dieser Security glotzte auf sein Order Display. Garris schlich sich an ihn heran, und versuchte einen Blick darauf zu werfen. Ehe er jedoch irgendetwas auf dem Display erkennen konnte, durchzuckte ihn Kopfschmerz wie ein heißer Blitz. Seine Beine knickten ein, und nur mit Mühe konnte er sich wieder aufrichten. Er taumelte, suchte nach etwas, woran er sich festhalten konnte, und prallte gegen einen der Securities. Dessen einzige Reaktion war, dass er den Blick von seinem Order Display nahm. In den Augen des Mannes stand die nackte Angst.

Dann bemerkte Garris, dass sich hier etwas zu *verändern* schien …

Kapitel 7

Pressures Fausthieb schleuderte Wyman gegen die Wand. Der Offizier hielt sich beide Hände vors Gesicht, konnte aber nicht verhindern, dass ihm das Blut der zerschlagenen Nase zwischen den Fingern hindurchsickerte.

Pressure holte seinen Revolver hervor. „Wenn ihr hier lebend rauskommen wollt", knurrte er, „solltet ihr mir verdammt schnell verraten, was da gespielt wird." Der Schlagbolzen seiner Waffe rastete klickend ein.

Der Offizier antwortete nicht. Er war zu sehr damit beschäftigt, wieder auf die Beine zu kommen, stützte sich an der Wand ab und beschmierte sie mit seinen blutigen Händen.

Pressure schwenkte den Lauf seiner Waffe zu dem Frischling. Der junge Security hatte in einer Geste der Kapitulation die Hände erhoben.

Er zitterte vor Angst.

Aber es war offenbar nicht Pressures Waffe, die ihn so verängstigte — es war sein Order Display. Oder viel mehr das, was darauf zu lesen war:

PROCESSING --- PROCESSING --- PROCES-SING

Pressure ließ seine Waffe sinken.

„Was hat das zu bedeuten?", knurrte er und hoffte, dass man ihm die wachsende Sorge nicht anmerkte.

Der Offizier sank auf einem Stuhl nieder. Seine Nase war auf ihre doppelte Größe angeschwollen und blutete, seine Lippe war aufgeplatzt. Anstatt zu antworten, holte er ein Taschentuch hervor und tupfte sich damit angetrocknetes Blut aus dem Mundwinkel.

Als er Pressure endlich ansah, brannte sein Blick in kühlem Zorn. Er spuckte eine kleine Blutpfütze in sein Taschentuch und faltete es in einer gezierten Geste zusammen.

Erst dann bequemte er sich zu einer Antwort. „Wie ich vorhin schon erwähnte", sagte er mit näselnder Stimme und steckte sein Taschentuch wieder ein. „Ich weiß es nicht."

Pressure sah wachsam nach dem Frischling, doch dieser machte keine Anstalten, ihn anzugreifen; seine Waffe stand noch immer unberührt in der Ecke. Als er bemerkte, dass Pressures Blick auf ihm lag, raffte er seinen Mut zusammen und sprach ihn an. „Vielleicht ...", stammelte er mit zitternder Stimme. „Vielleicht hat es etwas mit Ihrer ... Ihrer Frequenz zu tun?"

Pressure nahm einen tiefen Atemzug, um sich zu sammeln. „Ausgeschlossen", erklärte er dem Frischling und zähmte seine Ungeduld. „Die NetChart bezieht zwar ihre Informationen aus dem Basenet-Zentralrechner, arbeitet aber völlig autonom und kann nicht überwacht werden."

Der Offizier jedoch schien diesen Gedanken nicht so leicht abzutun. „Nun, das stimmt nicht ganz. Es gibt

Frequenzen, bei denen die Chart automatischen Alarm auslöst …"

Pressure fuhr so heftig zu Wyman herum, dass ihm fast der Revolver aus der Faust gerutscht wäre. „Und das erfahre ich erst *jetzt?*", schrie er, doch ehe er weiterbrüllen konnte, hob der Offizier müde den Arm. „Diese Frequenzen kenne ich alle. Ihre Frequenz …" Er schob Pressure das mitgebrachte Modul wieder zu. „Die habe ich in meinem ganzen Leben noch nicht gesehen."

Pressure ließ alle Luft aus seiner Brust entweichen und versteckte seine Waffe wieder unter dem Overall. Tausend Gedanken erwachten und versuchten sich schreiend Gehör zu verschaffen.

Wenn sie es nun tatsächlich war?

Diese Frequenz, nach der er jagte, seit er der Oberschicht entsagt und mit Garris gegen das HypCon-Kartell rebelliert hatte? Als sie dieses Modul ergattert hatten, war die Hoffnung so groß gewesen, dass er HypCon und seinem Geheimnis auf die Spur kommen konnte. Aber jetzt, da er sich diesem Ziel plötzlich zum Greifen nah fühlte, verwandelte sich der Triumph in nackte, würgende Angst.

Die vorsichtige Stimme des Offiziers riss ihn aus seinen Gedanken. „Darf ich fragen, welchen Zielort sie hinter dieser Frequenz vermuten?"

Nein, dass durfte er nicht, verdammt noch mal! Andererseits … Was hatte er jetzt noch zu verlieren? Vielleicht würde er sogar etwas erfahren, wenn er sich dem Abtrünnigen anvertraute. Er beschloss, sich an seine zwielichtigen Handelspartner heranzutasten, um zu sehen, wie sie reagierten. „Erklären Sie mir“, verlangte er also, „wohin die Bürger geschickt werden, wenn sie aus den Shuttles steigen.“ Der Offizier schnappte nach Luft, als er diese Frage hörte. Doch dann sah er, wie sich Pressures Miene verdüsterte. Er tastete nach der dünnen Schorfkruste auf seiner Lippe, zuckte zusammen, als er aus Versehen seine geschwollene Nase berührte, und gab dann zögernd Auskunft.

„Sie werden in Arbeitsbases geschickt und …“

„Wo befinden sich diese Bases?“, unterbrach ihn Pressure barsch. Er hatte keine Lust, sich von Wyman die üblichen Propaganda-Floskeln auftischen zu lassen. „Warum sieht und hört man nie wieder etwas von einem Bürger, den man in eine Arbeitsbase geschickt hat?“ Das Gesicht des Offiziers war zu einer Maske erstarrt, „Wir sind nicht befugt …“, krächzte er, aber da fiel ihm Pressure abermals ins Wort. „Sie sind nicht befugt, es zu erfahren. Ich weiß.“ Pressure beugte sich vor. „Wer ist befugt, es zu erfahren?“, fragte er und kam dem Offizier dabei so nahe, dass er das Blut in dessen Atem riechen konnte. „Wo sitzt dieser Jemand?“

Ausgerechnet der Frischling gab ihm die Antwort. „Die HypCon-Spitze“, sagte der junge Security. „Sie gibt die Befehle und Anweisungen, hat sämtliche Befugnisse. Von ihr geht alles aus, sie ist das Gesetz des Basenets …“ Pressure unterbrach auch ihn, milder jedoch, als er Wymann unterbrochen hatte. „Ich kenne dieses Gefasel aus dem Manifest. Aber hast du sie schon mal gesehen, diese HypCon-Spitze?“

Der Frischling trat unbehaglich von einem Bein auf das andere. Diesmal jedoch hielt er dem unheimlichen Blick Pressures stand.

„Ja!", sagte er im Brustton der Überzeugung, und Pressure traute seinen Ohren nicht.

„Ja?", fragte er nach und hob die Brauen.

„Allerdings", beteuerte der Frischling. „In der Ausbildung, es waren zwar nur Aufzeichnungen, aber ..."

Pressure lachte humorlos auf. „Weißt du, wie alt diese Aufzeichnungen sind?"

Der Frischling öffnete den Mund. Schloss ihn wieder. Senkte den Blick.

Wyman gab die Antwort. „Die Aufzeichnungen sind zweihundert Jahre alt."

„Ganz recht", bestätigte Pressure. „Und was sie zeigen, sind die *Gründer* der HypCon. Wären warscheinlich ein bisschen zu alt, um heute noch an der Spitze zu stehen, nicht wahr?"

Wyman sagte nichts dazu. Pressure nickte bitter. „Und das ist nur die Spitze dieses Eisbergs aus unbeantworteten Fragen. Warum verbietet HypCon den Umgang mit Technik? Warum hat HypCon den Kontakt mit außerirdischen Kulturen verboten? Warum ..."

Die Lippen des Offiziers wurden immer schmaler, während er Pressures Ausführungen lauschte. Die dünne Schorfkruste brach, und ein kleines Blutrinnsaal bahnte sich den Weg über sein Kinn.

Wütend wischte Wyman es ab. „Kommen Sie auf den Punkt!", verlangte er, die Stimme bebend vor unterdrücktem Zorn. „HypCon hat alle Rohstoffe der Erde im Handel mit Außerirdischen aufgebraucht. Das wissen Sie! HypCon hat den Handel eingestellt, um die übrigen Rohstoffe zu schützen, auch das dürfte Ihnen bekannt sein! Aus demselben Grund hat HypCon das Verbot von Technik und technischem Wissen erlassen! Nur diejenigen, die qualifiziert sind, die vorhandenen Rohstoffe so effizient wie möglich einzusetzen, dürfen auch mit diesen Rohstoffen umgehen! Und um das zu gewährleisten, muss jedem, der nicht qualifiziert ist, entsprechendes Fachwissen vorenthalten werden! Nur der Mangel an Wissen verhindert dessen Missbrauch!"

Pressure sah ihn ruhig an. „Und natürlich entscheidet HypCon darüber, wer qualifiziert ist und wer nicht."

„Sparen Sie sich Ihren Sarkasmus", zischte der Offizier. „Ohne HypCon und sein intelligentes Handeln würde es weder das Basenet geben noch den Wohlstand, der hier herrscht!" Wymans Augen brannten vor Zorn.

Pressure beschloss, noch ein wenig in dieser Wunde zu bohren. „Wohlstand, der mit dem Blut der Bürger gedüngt wurde …"

Wyman rammte seine Fäuste auf den Tisch. „Bürger sind keine Menschen!", donnerte er. „Sie haben es nicht geschafft sich ins Basenet hochzuarbeiten, haben ihr Schicksal verdient! Nicht HypCon hat das Ständesystem eingeführt, es ist ein natürlicher Prozess der Auslese! *Jeder* hat die Chance, sich hochzuarbeiten, sogar der Abschaum auf der Erde. Kreaturen wie *Sie!*" Das letzte Wort spuckte er Pressure beinahe entgegen und versprenkelte in seiner Erregung hellrotes Blut. „Nur deshalb werden sie in die Arbeitsbases geschickt! Aber haben Sie schon mal einen Bürger gesehen, der diese Bases wieder verlassen hat? Nein! Lieber sitzen sie auf der Erde und beklagen ihren jammervollen Zustand! Die einzige Form von Intelligenz, die sie aufbringen, ist krimineller Natur. Sehen Sie sich doch selbst an! Eine Missgeburt, unfähig, das Gleichgewicht des Basenets zu begreifen oder die Leistungen, die HypCon vollbracht hat! Stattdessen erfüllt vom Drang, das Basenet und seine Technologie zu unterwandern und zu missbrauchen …“ Er war aufgesprungen, hatte sich vorgebeugt, sein Brustkorb hob und senkte sich und die Wunde an seiner Lippe war wieder vollständig aufgeplatzt.

Blut tropfte auf seine Hände, mit denen er sich am Tisch abgestützt hatte.

Pressure sah ihn ruhig an. „Kreaturen wie ich?“, fragte er. Irgendetwas an seinem Tonfall veranlasste Wyman dazu, sich weitere Ausführungen zu verkneifen. „Sie halten mich für einen Bürger?“ Pressure lächelte, „Nun, auch auf die Gefahr hin, Ihren Glauben an den *natürlichen Ausleseprozess des Ständesystems* fundamental zu erschüttern …“ Sein Lächeln wuchs in die Breite, aber sein Blick kühlte ab. „Ich selbst entstamme der Oberschicht.“

Wyman klappte der Mund auf. Er fiel so schwer in seinen Sessel zurück, dass dieser fast nach hinten umgekippt wäre. Aus dem Augenwinkel sah Pressure, dass der Frischling ungläubig näher kam.

Pressure rieb sich müde über das zugewachsene Auge. „Das ist auch der Grund, weshalb ich euch keinen Vorwurf machen kann für das, was ihr seid. Immerhin habe auch ich es lange genug für völlig normal gehalten, dass sich träge, selbstgefällige Bastarde den Arsch von hörigen Mittelständischen wischen lassen. Wahrscheinlich hätte ich das sogar auch irgendwann gemacht; *wie der Vater, so der Sohn*, nicht wahr?" Pressure nahm die Hand von dem zugewachsenen Auge und beugte sich vor. „Einen kleinen Unterschied gibt es dann aber doch zwischen uns", sagte er, und zeigte Wyman mit Daumen und Zeigefinger, wie klein dieser Unterschied war. Wyman schluckte, als er die Glassplitter in Pressures süßem Tonfall spürte. „Anstatt auf die Bürger zu spucken, die mein Vater in den Stasisknast gesperrt hat, habe ich ihnen zugehört. Und nachdem ich mit angesehen habe, wie er einen Bürger eingesperrt hat, nur weil der seine Brotration nicht an die Securities abgeben wollte, damit die es für Wurfübungen benutzen können, habe ich diesen Bürger befreit. Und dann hat er mir gezeigt, wo HypCon die Bürger vegetieren lässt …"

Er fing den Blick des Frischlings ein. „Warst du schon mal auf der Erde?", fragte er ihn mit wachsender Wut. „Hast du schon mal jemanden gesehen, der an der Kraterkrankheit leidet?" Pressures Nasenflügel bebten. „Das vergiftete Wasser auf der Erde verwandelt den Rachen von jedem, der davon trinkt, in eine Landschaft aus blutigen Geschwüren, die sich vermehren und irgendwann aufbrechen. Die Lippen werden davon zerfressen, und im fortgeschrittenen Stadium sieht es so aus, als würde einen ein Totenschädel mit Augen ansehen. Die Zunge ist dann nur noch ein fauliger, eitriger

Klumpen. Und dieser Geruch, den sie verströmen …“

Der Junge sah aus, als würde er sich gleich übergeben. Natürlich hatte er davon noch nichts gehört. Wyman vermutlich schon, aber wahrscheinlich hatte er es für Bürgerpropaganda gehalten, *Lügen der Untermenschen.* Pressure konnte sehen, wie sehr sich der Offizier gegen die Vorstellung wehrte, an Pressures Worten könnte auch nur ein Körnchen Wahrheit kleben.

Pressure atmete tief durch. „Um endlich auf die Frage zu kommen, auf die ich eigentlich hinauswill: Ich habe schon alles gesehen. Die Oberschicht. Den Mittelstand. Die Erde. Was ich noch nicht gesehen habe, ist die HypCon-Spitze. Oder eine der Fabrikbases, in die man die Bürger schickt.“ Er rieb sich mit der Hand über den verformten Schädel. „Ich habe sogar selbst versucht, in eine der Fabrikbases zu springen, aber der Basenet-Rechner hat mich nicht gelassen. Er hat mich als Mitglied des HypCon-Kartells identifiziert und mir den Sprung verweigert.“ Pressure nahm die Hand vom Kopf und betrachtete sie. „Was ich stattdessen gefunden habe, sind Märchen. Horrorgeschichten.“ Er sah auf. „Zumindest habe ich das geglaubt. Bis ich *das* hier gefunden habe.“ Langsam griff er nach dem Frequenzmodul, das er mitgebracht hatte, berührte es mit seinen Pranken und betrachtete es gedankenverloren.

Es war ausgerechnet der Frischling, der die Stille durchbrach. „Welches Ziel …“ Er räusperte sich. „Welches Ziel vermuten Sie denn nun hinter dieser Frequenz?“

Pressure stand auf. Jetzt war es so weit.

Er würde seine geheime kleine Vermutung in den Raum stellen, so verrückt sie sich auch anhörte. Die Base-Hologramme der NetChart umflirrten seinen Kopf, und er tippte nach ihnen, als könnte er sie wie Seifenblasen zerplatzen lassen.

Dann sah er zu den beiden Securities hinunter.

„WetGrave", flüsterte er.

Kapitel 8

Man konnte hören, wie der Lüfter der NetChart den Hologrammprojektor kühlte. *WetGrave.* Wie ein unsichtbarer Riese stand dieses Wort im Raum und starrte auf sie alle herab.

Der Offizier blinzelte. „Meinen sie das *ernst?*", fragte er und schüttelte sich, als hätte ihn gerade jemand mit einer Ohrfeige aus einer Ohnmacht geweckt. „WetGrave?" Dann atmete er erleichtert aus. „Das ist … das ist ein Märchen, um aufsässige kleine Kinder zu ängstigen!" Pressure konnte hören, wie froh der Offizier war, dass er Pressures Ausführungen als „Märchen" abtun konnte. Wyman lächelte milde. „Jeder musste sich als Kind diese Geschichten anhören. Fragen Sie Townsent."

Der Frischling bestätigte die Worte seines Vorgesetzten mit heftigem Nicken. „Natürlich", sagte er. „Jedes Kind im Basenet kennt diese Geschichte!" Der junge Security wirkte mindestens so erleichtert wie Wyman, dass er Pressures Ausführungen über vergiftetes Wasser, blutige Geschwüre und verfaulte Zungen als Hirngespinste eines Verrückten abtun konnte.

Pressure sah sich auf die Finger, als überprüfte er die Sauberkeit seiner schartigen Nägel. „Erzähl sie mir", verlangte er.

Der Frischling sah ihn fragend an.

„Die Geschichte“, beharrte Pressure. „Erzähl sie mir.“

Townsent blickte sich hilflos im Raum um, aber der Offizier hatte sich wieder der NetChart zugewandt und würde ihn nicht aus dieser Situation befreien. Unbehaglich räusperte sich der Frischling, „A–a–also… also gut“, stotterte er. „WetGrave.“ Ein tiefes Seufzen, ein letzter verzweifelter Blick zu Wyman, dann endlich begann er zu sprechen. „Na schön. Mein Bruder hat mir davon erzählt, als er erfahren hat, dass ich später mal zur Security gehen würde. WetGrave, hat er gesagt, oder nein …“ Tonwsent kniff angestrengt die Augen zusammen. „Mit HypCon hat er angefangen. HypCon, sagte er also, war immer auf der Suche nach neuen außerirdischen Kulturen, neuen Handelspartnern, und ist dabei bis in die tiefsten Regionen unserer Galaxie vorgedrungen. Aber …“

Der Offizier schnaubte spöttisch, ohne von der NetChart aufzusehen, und Townsent hielt verunsichert inne. Pressure nickte dem jungen Burschen zu, halb ungeduldig, halb ermutigend, worauf dieser zögernd fortfuhr.

„Irgendwann jedoch war diese Suche kaum noch ertragreich. Die TransDim-Technik hatte sich längst über die gesamte Galaxie verbreitet, und nicht nur das: Die anderen Kulturen hatten sie weiterentwickelt und folglich kein Interesse mehr an der veralteten Technik, die HypCon ihnen anbieten konnte. Der HypCon-Spitze sind die Felle davongeschwommen. Sie mussten … Wie hat mein Bruder sich ausgedrückt? Ah, genau, sie mussten *neue Märkte erschließen*, um ihren sagenhaften Wohlstand ausbauen zu können. Nun, HypCon hatte ein interstellares Wirtschaftsimperium errichtet, indem sie in fremde Welten aufgebrochen waren. Nie aber hatten sie es gewagt, die gewaltigen Entfernungen *zwischen* den Galaxien zu überbrücken." Townsent redete sich in Fahrt. „Welcher Gedanke …", sagte er, unterbrach sich und schien wieder zu dem faszinierten Kind zu werden, dem man diese Geschichte erzählt hatte. Er ging zum Panoramafenster und blickte ehrfurchtsvoll ins All hinaus. „Welcher Gedanke läge näher, als endlich den Sprung in eine *fremde Galaxie* zu wagen?"

Pressure konnte sich noch gut erinnern, wie man auch ihm als Kind diese Geschichte erzählt hatte und wie ihm dabei die Aufregung prickelnd über das Rückgrat getanzt war. Aber die Zeit dieser naiven Begeisterung war längst vorbei.

Er dachte an seine Frequenz. Und er dachte an die schweigende NetChart.

Townsent schien das alles vergessen zu haben. Er drehte sich zu Pressure um und kehrte dem Panoramafenster den Rücken. Die Hologramme der NetChart zogen an seinem Gesicht vorbei, und das Gewitter der aufblitzenden Lichtbögen spiegelte sich in seinen Augen. „Das war die Geburtsstunde des Projekts *Colombo*", hauchte er. „Nur eine kleine Gruppe sollte in dieses Projekt eingeweiht werden, allesamt Mitglieder der HypCon-Spitze, mit allen Wassern gewaschen … mit allem Wissen gesegnet. Diese Gruppe war es, die in die fremde Galaxie aufbrechen sollte.

Diese Gruppe war es, die eine kleine Base nach dem Projekt benannte …

Diese Gruppe war es, die den *Colombo*-Frequenzcode zum verbotenen Code erklärte.“

Er ging um die NetChart herum und heftete seinen glitzernden Blick auf sie, während er weitersprach. „Keine Chart konnte diese Base finden, kein Rechner irgendwelche Daten über sie erhalten.

Diese Base sollte wie ein Geist im Orbit der Erde kreisen. Niemand sollte erfahren, dass es sie gab, ehe sie nicht erfolgreich zurückgekehrt war. Man muss sich das vorstellen!“ Aufgeregt sah er auf und suchte Blickkontakt mit Pressure. „Tausend Bases im Orbit der Erde – und man kann sie alle nur voneinander unterscheiden, indem man den Basenetrechner und die Netchart befragt. Aber da die HypCon-Spitze den *Colombo*-Code zum verbotenen Code erklärt hat, würde man …“ Er hielt inne und riss dann erschrocken die Augen auf. „Man würde …“, stotterte er. „Man würde keine Information über die *Colombo* in der NetChart finden …“

Stille.

Der Groschen fiel allmählich.

Pressure betrachtete noch immer seine Fingernägel. Er lächelte schwach. „Ganz recht“, sagte er. „Die Net-Chart würde schweigen. Selbst wenn man den *Colombo*-Frequenzcode eingäbe. Gerade dann.“

Der Frischling starrte auf die Chart, auf das Modul, auf die Buchstaben, die immer noch auf dem Display blinkten: *Processing – Processing – Processing …*

Und dann schlug ihm der Donnerschlag der Erkenntnis so hart gegen die Brust, dass er rückwärts taumelte und gegen das Panoramafenster prallte, aus dem er eben noch ehrfurchtsvoll hinausgeblickt hatte.

Pressure ließ seine Pranken sinken. „Was geschah mit dem *Colombo*-Team?“, hakte er nach.

Der Frischling konnte seinen Blick nicht mehr von dem Frequenzmodul losreißen. Er musste sich mehrmals räuspern, ehe er seine Stimme wiederfand. Als er dann endlich weitersprach, war da keine Begeisterung mehr; er klang zittrig und verstört. „Sie kamen nicht zurück“, sagte er leise. „Drei Tage hat man gewartet. Und als dann immer noch jegliches Lebenszeichen ausblieb, hat man ein Aufklärungsteam in die *Colombo* springen lassen. Schwer bewaffnet. Auf das Schlimmste vorbereitet. Aber auch sie kamen nicht zurück. *Niemand* kam jemals von dort zurück!“ Townsent blickte auf, Angst begann Furchen in sein Gesicht zu graben. „Es schien, als würde diese Frequenz … als würde *Colombo* jeden Menschen verschlingen.“

Wyman blickte alarmiert auf, als er die Fassung des jungen Security bröckeln hörte. Ein drohender Blick von Pressure hielt ihn jedoch davon ab, Townsent zu unterbrechen. Widerwillig wandte Wyman sich wieder der NetChart zu.

Noch widerwilliger sprach der Frischling weiter. „Man ging sogar so weit“, fuhr er fort, „das Tor zur *Colombo* aufgebaut zu lassen. Ein Aufklärungsteam sollte hindurch und beim ersten Anzeichen von Gefahr wieder zurückkehren. Währenddessen stand ein ganzes Security-Corps bei dem Tor, um jeden unerwünschten Eindringling sofort zu eliminieren. Vergeblich. Kein Mitglied des Aufklärungsteams kehrte zurück. Auch keine der Sonden, die man ihnen hinterherschickte. Dabei hatte man auf die Sonden besonders viel Hoffnung gesetzt! Sie sollten zumindest ein paar Bilder an den Basenet-Zentralrechner senden, eine Handvoll Messergebnisse von der Welt hinter dem Sprungtor." Der Frischling sah Pressure an. Der Kragen seiner Uniform begann sich vom Schweiß dunkel zu verfärben. „Aber da kamen keine Messergebnisse", sagte er und wischte sich eine schwitzige Hand an der Hose ab. „Da war nur ein Rauschen, durchsetzt von Geräuschen, die sich niemand erklären konnte – und die niemand je wieder vergessen konnte, wenn er sie einmal gehört hatte. Und …"

„Townsent …", fuhr Wyman beschwichtigend dazwischen, aber ehe er noch mehr sagen konnte, richtete Pressure den fleischigen Zeigefinger drohend auf den Offizier. „Lassen Sie ihn gefälligst weiterreden", knurrte er.

Und Townsent redete weiter. „Manche haben sich umgebracht", sagte er, und Angst begann in seiner Stimme zu brodeln, „weil sie dieses Geräusch nicht mehr aus dem Kopf bekommen haben! Weil sie es nicht mehr ertragen konnten!" Er leckte sich über die Lippen, aber seine Zunge schien völlig ausgetrocknet. „Ein Soldat soll durchgedreht sein, hat angeblich seine Kameraden niedergeschlagen und den Kopf durch das Sprungtor geschoben, um zu sehen, was diese unerträglichen Geräusche verursachte, die die Sonden an den

Basenetrechner gefunkt hatten. Er …“ Townsents Stimme brach. „Sie haben ihn sofort wieder herausgezogen, aber da war es bereits zu spät. Er hat geschrien und um sich geschlagen, und sein Gesicht war … es war wie verätzt, seine Augen nur noch kochendes Gelee, und diese Schreie …“ Die Angst in der Stimme des jungen Security schlug immer höhere Wellen. „Man hat ihn in eine Medi-Base gebracht, aber alle Versuche, ihm zu helfen schlugen fehl. Er hat einfach nicht aufgehört zu schreien! Dieses Geschrei, es … es hat sich langsam verändert, ist umgekippt, verkümmert, bis nur noch ein heiseres Fiepen übrig war. Tagelang ist dieses Fiepen durch die Korridore der Medibase gehallt, und …“ Er schluckte. Betrachtete seine Hände, die so sehr zitterten, als wäre er gerade aus einem Eiswasserbassin gestiegen. Er achtete nicht auf Wyman, der sich an seinem Stuhl festklammerte und sich auf die Lippen biss, mit hochrotem Kopf, nur zurückgehalten von Pressures warnendem Zeigefinger, der noch immer auf ihn gerichtet war.

Townsent ließ die Hände sinken. „Eines Nachts hat ihm ein Kamerad endlich ein Kissen aufs Gesicht gedrückt. So lange, bis das Fiepen irgendwann aufhörte, und …“

Pressure berührte ihn sanft am Arm, um ihm zu zeigen, dass es genug war. Der Frischling blickte auf und sah Pressure mit glasigen Augen an. Er deutete auf das Panoramafenster, ohne hinzusehen. „Wenn das stimmt, was Sie sagen, ist die *Colombo* noch irgendwo da draußen. Versteckt zwischen all den Bases und besudelt vom Schicksal des letzten Aufklärungsteams.

Und von dem, was es von dort mitgebracht hat."
Pressure nickte.

Er ließ endlich den Zeigefinger sinken, der auf Wyman gerichtet war. Der Offizier nahm das als Erlaubnis, endlich wieder zu sprechen. „Ich bitte Sie", sagte er. „Selbst wenn WetGrave kein Märchen ist, wenn es *Colombo* wirklich gegeben hat und diese geheime Frequenz tatsächlich existieren sollte … Wie gering wäre dann die Chance, diese Frequenz zu finden? Glauben Sie nicht, die HypCon-Spitze hätte alles dafür getan, um eine solche Frequenz vor Zugriff zu schützen?"

Der Offizier versuchte lässig und vernünftig zu klingen, aber Pressure konnte die Schweißtropfen sehen, die silbern in seinem Bart glitzerten.

„Was soll das bedeuten, *die HypCon-Spitze hätte alles dafür getan, um eine solche Frequenz vor Zugriff zu schützen?*", fragte Pressure scheinheilig, „Meinen Sie so etwas wie Fallen?"

Wyman ließ erleichtert die Schultern sinken und lächelte väterlich. „Zum Beispiel. Ja."

Pressure hob die Brauen. „In der Oberschicht geht das Gerücht um, die HypCon-Spitze hätte Tote Tore als Fallen verwendet, um wichtige Sprungziele zu schützen …"

Wyman wurde blass, sein Blick begann zu flackern. *Sieh an*, dachte Pressure. *Du weißt also doch mehr, als du uns hier weismachen willst.*

Pressure wandte sich dem Frischling zu. „Du hast vorhin gefragt, was Tote Tore sind", sagte er und wartete, bis der fiebrige Blick des jungen Securities wieder auf ihm lag. „Ganz einfach. Jedes Tor, das ein Quantenwandler aufbaut, und jedes Tor, durch das man im Basenet gehen kann, schwingt in einer Hyperfrequenz, der Dimension, die gerade für den Sprung gebraucht wird. Wenn man durch ein Tor geht, schwingt man für den Augenblick des Durchschreitens in der gleichen Hyperfrequenz wie das Tor und wird somit zum Teil der Dimension, die man durchschreitet. Wenn man dann am anderen Ende des Tores wieder ausgespuckt wird, nimmt man wieder die Hyperfrequenz der eigenen Dimension an." Pressure musterte den Frischling, der sich zu sammeln versuchte, um Pressures Worten zu folgen. Als Townsent schwach nickte, fuhr Pressure fort. „Es gibt aber Hyperfrequenzen, die mit unserer nicht kompatibel sind. Es gibt Dimensionen, die diese Rückverwandlung nicht zulassen. Tote Frequenzen. Wenn ein Mensch mit einer Toten Frequenz in Berührung kommt … Nun, niemand überlebt die Rückverwandlung. Nur in meinem Fall war es …"

Glück, hatte er sagen wollen, aber dieses Wort blieb ihm im Halse stecken. Aus dem Augenwinkel sah er, wie sich seine entstellte Gestalt im Panzerglas des Panoramafensters spiegelte.

Wyman tat so, als würde er sich plötzlich wieder brennend für die NetChart interessieren, aber Pressure war sich sicher, dass er nur deshalb an dem Chartmodul herumspielte, damit er Pressure nicht mehr in die Augen sehen musste. „HypCon hat immer behauptet, dass Tote Tore Unfälle seien", sagte er und behielt den Offizier dabei scharf im Auge. „Unfälle durch fehlerhafte

Berechnungen der T-Terminals." Wyman tat so, als wäre er zu sehr mit der NetChart beschäftigt, als dass er Pressure zuhören könnte. Selbst Townsent schien aufzufallen, dass sich sein Vorgesetzter seltsam verhielt. Mit gerunzelter Stirn beobachtete er, wie Wyman mit einem altmodischen Präzisionsschraubendreher an den Kontakten des Chartmoduls herumspielte, als wollte er sie prüfen.

„Aber der Basenetrechner ist so programmiert, dass solche Berechnungsfehler schlicht unmöglich sind", fuhr Pressure fort. „Und das lässt nur einen Schluss zu: Tote Tore sind Fallen. Bewusst eingesetzt, um wichtige Sprungziele zu schützen."

Die Bewegungen des Offiziers stockten. Er ließ seinen Kopf kreisen, als litte er unter verspannten Nackenmuskeln.

Pressure wandte sich an Townsent. Der Frischling sah ihn mit ängstlicher Erwartung an. „Ich habe schon einmal geglaubt, WetGrave gefunden zu haben", sagte Pressure, trat näher an den jungen Security heran und zwang ihn dazu, das zuckende Auge unter der undurchsichtigen Hautmembran anzusehen. „Du siehst ja, was ich stattdessen gefunden habe."

Der Frischling schluckte, aber diesmal wich er nicht zurück. Pressure nickte zufrieden. „Aber ich habe die Spur weiterverfolgt", sagte er. „Und sie hat mich zu *dieser* Frequenz geführt!" Er rammte seinen Finger in Richtung des Frequenzmoduls, das Wyman mit der NetChart verbunden hatte.

„Und die Chart schweigt noch immer."

Townsent reagierte nicht.

Sein Blick verriet, dass Pressure schon lange vorher alles über den Haufen geworfen hatte, woran er jemals geglaubt hatte. Er musterte Pressure, seinen tonnenförmigen Brustkorb, die dünnen, drahtigen Beine und die Arme mit den Händen, die aussahen, als könnte Pressure den schmalen Securitykopf so mühelos zerdrücken wie ein rohes Ei. Wie neugierige Finger tasteten Townsents Augen über Pressures lippenlosen, kreisrunden Mund, strichen über die unregelmäßigen Haarbüschel auf seinem Kopf, über die fleckige Haut dazwischen, und glitten über die zugewachsene Hautmembran, hinter der sein Auge so heftig zuckte wie nie zuvor. Schließlich kam Townsents Blick auf Pressures entstelltem, aber funktionierendem Auge zur Ruhe.

Pressure wusste, dass er für den Frischling soeben zum atmenden Beweis geworden war, dass die propagierte Perfektion des Basenets eine einzige Lüge war.

Wyman hingegen hatte endgültig damit aufgehört, so zu tun, als würde ihn die NetChart kümmern. Er hatte sich von dem Tisch erhoben, und seine Lippen bebten.

Pressures innere Alarmglocken begannen sofort zu schrillen, und er griff unter seinen Overall. Ehe er jedoch seinen Revolver zu fassen bekam, fiel plötzlich der Strom aus.

Es war stockfinster.

Keine Belüftung funktionierte, und die Chart lag schweigend im Dunkeln. Ohne das Summen des Atmosphärengenerators war es so still, dass man das geisterhafte Stöhnen der Base hören konnte. Millionen Tonnen

Stahl, die in der Kälte des Alls von der ungefilterten Gewalt der Sonne bestrichen wurden. Sie wanden sich klagend unter gewaltigen Temperaturunterschieden, und ihre Qual hallte zermürbend durch die Eingeweide der Base.

Dann kehrte der Strom zurück, das Licht flackerte, und der Atmosphärengenerator nahm seine gewohnte Arbeit wieder auf. Trotzdem glaubte Pressure, den Schmerzgesang der Base noch immer zu hören; es war ihm, als wäre das Stöhnen des Stahls dem Summen des Atmosphärengenerators beigemischt.

Der Frischling hatte sich während des Blackouts nicht vom Fleck gerührt.

Er stand da und sah Pressure einfach nur an. Wyman jedoch glotzte auf das Display an seiner Hand, und sein Gesicht hatte alle Farbe verloren. „Townsent!", bellte er „Ihr Order Display!"

Der Frischling blinzelte, als ihn der Befehlston seines Vorgesetzten erreichte. Er hob sein eigenes Display an, blickte darauf – und erstarrte. Pressure wich vor den beiden Securities zurück und sah sich alarmiert um. Die NetChart hatte sich nicht von dem Energieausfall erholt. Nutzlos und verloren lag sie auf dem Steintisch.

Das galt allerdings nicht für ihr Bedienfeld.

Eine neue Botschaft war auf der Anzeige des Chartmoduls erschienen und hatte das ständige *Processing – Processing* ersetzt, das seit der Eingabe von Pressures Frequenz geblinkt hatte. Pressure ahnte, dass sie die gleiche Botschaft vermittelten wie die Order Displays der beiden Securities.

System Failure. Black Alert.

Er packte den Frischling am Arm. „Schwarzer Alarm", knurrte er. „Was zum Teufel soll das bedeuten?"

Townsent hob den Blick und starrte Pressure ins gesunde Auge. Angst begann in ihm emporzuschäumen wie aus einer zu schnell geöffneten Sektflasche.

Der Offizier drängte sich heran, packte den Frischling am Kragen und zerrte ihn von Pressure fort. „Worauf zum Teufel warten Sie!", bellte er und deutete auf das Plasmagewehr in der Ecke. „Sie wissen, was diese Botschaft bedeutet! Sie kennen die Befehle!"

Pressure griff nach der Waffe unter seinem Overall und wich noch einen Schritt zurück, bis er die Tür an seinem Rücken spürte. Er musste nicht fragen, um zu wissen, was hier gerade geschah.

Da ist er also endlich.

Der Verrat.

Kapitel 9

Der Frisching schien nicht zu hören, wie der Offizier ihn anbrüllte. Er schien den Speichel nicht zu spüren, den Wyman auf seine Wange spuckte, und er schien nicht einmal die heftige Ohrfeige zu bemerken, die ihm sein Vorgesetzter verpasste. Wie betäubt pendelte sein Blick zwischen der schweigenden NetChart und seinem Order Display hin und her.

Wyman hatte genug.

Er stieß den Frischling zu Boden, ergriff das Plasmagewehr, das an der Wand lehnte, fuhr damit herum und zielte auf Pressure. Der jedoch hatte längst seinen Revolver aus dem Overall gefischt, und ehe die Mündung des Plasmagewehrs auf ihn zeigen konnte, peitschte ein Schuss aus der Mündung seiner eigenen Waffe.

Fein zerstäubtes Blut hing wie roter Nebel neben der Austrittswunde am Kopf des Offiziers. Es umwölkte ihn wie ein rachsüchtiger Geist. Wymans Beine gaben nach, und er krachte sterbend auf den Steintisch; sein Körper zermalmte das Plasmagewehr. Das Geräusch der zerbrechenden Waffe mischte sich mit dem Knacken von Wymans brechenden Rippen.

Pressure verschwendete keinen weiteren Blick an ihn. Ein weiteres Mal ließ Pressure den Schlagbolzen seiner

Waffe einrasten und richtete den Revolver auf Townsent. Der junge Security jedoch war auf dem Boden zusammengesunken und interessierte sich nicht für die qualmende Revolvermündung. Als Pressure ihn ansprach war seine Stimme kalt wie Eis. „Was bedeutet *schwarzer Alarm?*“

Townsent begann leise und verzweifelt zu weinen, aber er antwortete nicht. Pressures Pranken schnellten vor und zerrten den aufquiekenden Frischling auf die Beine. „Ich frage dich ein letztes Mal“, knurrte er. „Was bedeutet *schwarzer Alarm?*“

Der junge Security hing in Pressures Pranken wie ein durchgewalkter Lappen. Pressure seufzte, dann ließ er ihn wieder zu Boden sinken. So würde er kein Wort aus dem Burschen herausbekommen.

Ein weiterer Blackout durchzuckte die Base, aber diesmal wollte das Licht nicht wiederkommen. Das kalte Blau der Notstrombeleuchtung flackerte auf, und der Atmosphärengenerator beschränkte sich auf ein kaum hörbares, tiefes Summen, hinter dem das Stöhnen der Base umso lauter wieder zum Vorschein kam.

Pressure dachte an Garris, der irgendwo in der Base herumirrte, und spürte wachsende Verzweiflung. Die Luft hier machte es nicht besser. Der gedrosselte Atmosphärengenerator schaffte es nicht, die Atemluft völlig aufzuarbeiten, und rostig süßer Blutgestank breitete sich erstickend in dem kleinen Raum aus. Ein hartnäckiges Schwindelgefühl befiel Pressure, und er drückte sich die Ballen seiner Hände gegen die Augen. Als er die Arme wieder sinken ließ, bemerkte er, dass Townsent in eine

Ecke des Zimmers gekrochen war und sich dort zitternd zusammenkauerte. Dass er durch das Blut des toten Offiziers gekrochen war, schien er gar nicht zu bemerken.

Pressure steckte demonstrativ seinen Revolver weg und näherte sich dem Frischling mit beschwichtigend ausgebreiteten Armen. „Townsent“, sagte er und versuchte seine Stimme so ruhig wie möglich zu halten. Es zeigte Wirkung. Der Frischling sah auf, sein Atem ging heftig und seine Augen waren getrübt von nackter Todesangst.

Von draußen drangen Geräusche in das Zimmer. Townsents Blick zuckte zur Tür, und Pressure folgte seinem Beispiel. Die Geräusche schwollen an. Menschen, Gekreisch, Panik.

Pressure berührte den Frischling am Arm und spürte, dass dessen Uniform völlig durchgeschwitzt war. „Junge, sieh mich an.“ Townsent tat es, und Pressure sah den Wahnsinn, der in seinen Augen glühte. „Wenn du etwas zu sagen hast“, beschwor ihn Pressure, „dann tu es jetzt!“

Jemand polterte von außen an die Tür, man konnte Hände hören, die quietschend an dem Kunststoff hinabglitten, das Geschrei der panischen Mittelständischen quoll wie giftiges Gas ins Zimmer. Das gab Townsent den Rest. Sein Blick flackerte umher, als wäre da etwas, was nur er sehen konnte. Er wimmerte, schrie, begann unverständliches Zeug zu brabbeln, und der Wahnsinn verschlang den letzten Rest Vernunft, der noch in ihm übrig geblieben sein mochte.

Es hatte keinen Sinn.

Der Schwindel wurde immer stärker, und Pressure hatte das Gefühl, dass sein gesundes Auge allmählich erblindete. Das Geschrei von außen wurde leiser und verstummte schließlich. Nur noch der flüsternde Atmosphärengenerator und das Stöhnen der Base.

Dann hörte Pressure ein Geräusch hier im Zimmer. Townsent war offenbar aufgestanden. Pressure konnte nur noch einen Schatten erkennen, der durch den Raum taumelte. Mit ausgestreckten Armen tastete Pressure umher, versuchte die Tür zu finden, stieß dabei einen Stuhl um und trat auf etwas Weiches, das unter seinem Gewicht mit hässlichem Knacken nachgab; die Leiche des Offiziers wahrscheinlich.

Hastig ging Pressure einen Schritt zur Seite, und hörte dabei, dass Townsent mit irgendetwas herumhantierte, das auf dem Steintisch lag. Als sich Pressure weitertasten wollte, spürte er plötzlich den Atem des Frischlings im Nacken.

Es knisterte kurz auf, dann bohrte sich der Tazer in Pressures Gesicht. Pressure verlor die Kontrolle über seinen Körper und knallte auf den Boden.

Blind, gelähmt und von Krämpfen durchzuckt, spürte er, wie Hände seinen Overall öffneten und den Revolver herausfischten.

Er stöhnte, versuchte sich zu wehren, aber sein Körper gehorchte ihm nicht mehr. Pressure hörte das leise Geräusch, mit dem der Hahn der Waffe gespannt wurde.

Dann ein Knall.

Er schien aus weiter Ferne zu kommen und vereinigte sich mit dem stählernen Stöhnen der Stahlkonstruktionen. Es klang, als würde die Base seinen Tod beweinen.

Kapitel 10

Garris rang nach Atem und griff sich an den Kopf. Ein leises Sirren lag in der Luft, und ihm kam es so vor, als wäre es das Geräusch eines unsichtbaren Bohrers, der versuchte, seinen Schädel zu knacken. Er konnte sich nicht konzentrieren, konnte sich kaum mehr auf den Beinen halten.

Garris musste sich an der Statiksäule abstützen. Wo kam nur dieser verdammte Kopfschmerz auf einmal her! Der Boden unter ihm schien zu Treibsand zu werden, er verlor das Gleichgewicht, seine Hand rutschte von der Säule und er stürzte so hart, dass ihm alle Luft aus den Lungen wich.

Garris kämpfte sich wieder auf die Beine.

Was auch immer hier los war, hatte mit Sicherheit mit Pressure und dem Frequenzmodul zu tun. Irgendeine Teufelei wahrscheinlich, um Pressure und ihn unschädlich zu machen. Garris sah sich um, und erwartete den Anblick von Securities, die zu den Aufzügen hetzten, um in die Wohnsektoren zu fahren und Pressure einzukesseln.

Aber auch die Securities griffen sich mit gequälten Gesichtern an die Köpfe, glotzten auf ihre Order Displays und taumelten so eilig zu den Sprungräumen, dass es fast so aussah, als ob sie vor irgendetwas die Flucht ergriffen.

Was geht hier nur vor sich?

Die Luft unter der Glaskuppel war nicht mehr süß und belebend. Sie schien zu flimmern und legte sich wie ein Bleituch auf Garris´ Brust. Er konnte kaum atmen.

Auch die Mittelständischen hatten die Flucht der Securities bemerkt, und Panik begann auszubrechen. Tausende von Menschen stürmten auf die Sprungräume zu, stießen sich gegenseitig zur Seite und trampelten über diejenigen hinweg, die zu Boden gestürzt waren.

Aber keine der Sprungraumtüren wollte sich mehr für sie öffnen!

Garris versuchte zu erkennen, was dort geschah, aber das Flimmern der Luft wurde so stark, dass er kaum noch etwas erkennen konnte. Also versuchte er sich selbst zu den Sprungräumen durchzuschlagen und ließ sich vom panischen Strom der Massen mitreißen. Ein Schatten schien über ihn hinwegzuziehen, aber als Garris den Kopf in den Nacken legte, war da nur die verschwommene Glaskuppel über ihm.

Endlich hatte er die Sprungräume erreicht, versuchte eine Tür zu öffnen, hatte aber ebenso wenig Erfolg damit wie die übrigen Mittelständischen. Ratlos blickte er sich um, sah Menschen, die in immer größerer Zahl heranwogten und keine Chance auf Flucht hatten.

Das Geräusch von Plasmaschüssen. Garris zögerte nicht, holte seinen Revolver hervor, kämpfte sich zu der Quelle der Schüsse durch. Securities. Ein ganzer

Pulk. Sie standen vor einem Sprungraum; einer drückte sein Order Display gegen den Türöffner, worauf der Sprungraum sich öffnete und die Securities eintreten ließ. Die Mittelständischen sahen das und versuchten in Panik selbst in diesen Sprungraum zu gelangen – die Securities feuerten blindlings in die heranströmende Menschenmenge und mähten die Flüchtenden einfach nieder.

Verfluchtes Securitypack!

Garris umkammerte seinen Revolver und zielte auf die Securities. Er war fest entschlossen, diese verdammte Sprungraumtür freizuschießen.

Aber die Menschenmasse riss ihn abermals zu Boden und trampelte über ihn hinweg. Wütend trat er um sich, bis sich ein Berg gestürzter Mittelständischer um ihn gebildet hatte, und die strömenden Masse umleitete. Er kämpfte sich wieder auf die Beine, musste grapschende Hände wegschlagen und hätte dabei fast die Waffe verloren. Fluchend sah er sich um und versuchte sich zu orientieren … wenn ihm nur der Schädel nicht so stechen würde! Alles um ihn herum schien sich aufzulösen, jeder Mittelständische zog einen Schweif hinter sich her, es schien ihm, als würde alles miteinander verschmelzen.

Garris stolperte über eine Leiche mit einer Schusswunde in der Brust. Er musste also ganz in der Nähe des Sprungraumes sein, durch den die Securities geflohen waren. Er hob den Revolver an und rempelte Mittelständische beiseite, bis er den Sprungraum erreicht hatte.

Aber er war zu spät.

Die Securities waren verschwunden.

Die Sprungraumtür verschlossen, gesäumt von letzten verzweifelten Mittelständischen, die über ihre toten Genossen kletterten und vergeblich gegen die Tür hämmerten.

Plötzlich wurde es still.

Da waren wieder diese Schatten, die über Garris hinwegzogen. Die Mittelständischen schienen sie auch bemerkt zu haben. Garris sah wie sich Köpfe umdrehten und wie verschwommene Arme hoch zu der gläsernen Kuppel deuteten. Auch Garris drehte sich um. Dann entdeckte er, was die anderen gesehen hatten.

„Was zum …"

Kapitel 11

Kaltes Erbrochenes sickerte aus Pressures Mund und bildete eine Pfütze, die seine rechte Gesichtshälfte umschloss. Schmerzen wie Donnerschläge explodierten in seinem Kopf, und als er nach Luft schnappte, wäre er beinahe wieder ohnmächtig geworden. Der Atmosphärengenerator arbeitete nicht mehr und brachte keine frische Luft ins Zimmer.

Die Luft stank nicht nur nach gerinnendem Blut und kaltem Erbrochenen, sie schien daraus zu bestehen. Pressures Auge öffnete sich flatternd, und er versuchte, sich mit seinen Armen in eine aufrechte Position zu drücken. Aber er war zu schwach, seine Arme knickten ein, er klatschte zurück in die Kotzpfütze.

Erst beim zweiten Versuch kam er schwankend auf die Knie und robbte durch das kalte blaue Notlicht. Erinnerungen suchten ihn mit schmerzhaften Blitzen heim: die Securities, schwarzer Alarm, Townsents Angriff und …

Warum atmete er überhaupt noch?

Ein jäher Schwall Adrenalin durchkochte sein Hirn.

Pressure zog sich am Steintisch in die Höhe und betrachtete das Bild, das sich ihm bot, auch wenn es immer wieder vor seinen Augen zu verschwimmen drohte. Er war noch in demselben Zimmer wie vorher. Allerdings war es leer. Kein Townsent. Kein Wyman. Von dem Offizier war nur noch das Blut übrig. Alles schien leer zu sein. Pressure horchte. Kein Atmosphärengenerator, kein Lebenszeichen, nichts! Nur das Klagelied des Stahls stöhnte in den Eingeweiden der Base, und das Blut des Offiziers plitschte monoton vom Steintisch auf das Antisept.

Wenigstens konnte Pressure wieder sehen.

Er musste hier raus. Er musste zu Garris. Auch wenn er sich keine Hoffnung mehr ausmalte, ihn zu finden, musste er es doch wenigstens versuchen.

Als er nach seiner Waffe suchte, bemerkte er eine weitere Blutpfütze, die vor seiner Ohnmacht nicht da gewesen war. In dem Notlicht sah das Blut fast schwarz aus. Die Pfütze bedeckte den kompletten Boden zwischen Steintisch und Ledercouch, und Pressures Revolver lag mitten darin.

Townsent muss sich mit meiner Waffe umgebracht haben, dachte Pressure und betrachtete die Blutspritzer auf dem Couchleder. *Kopfschuss vermutlich.*

Aber auch von der Leiche des Frischlings fehlte jede Spur. Pressure fischte seinen Revolver vorsichtig aus der Pfütze, wischte das Blut notdürftig an der Couch ab und grübelte, was geschehen sein mochte. Man musste beide Leichen hinausgetragen haben.

Wieso? Und vor allem, *wer?*

Warum hatte Townsent sich selbst erschossen? Was hatte ihn so sehr geängstigt, dass er sich lieber eine Kugel in den Kopf gejagt hatte, als sich dem zu stellen?

Schwarzer Alarm …

Warum war er selbst überhaupt noch am Leben?

Pressure begann zu frieren. Zusammen mit dem Atmosphärengenerator war natürlich auch die Heizung ausgefallen. Das bestärkte seinen Entschluss. Er musste hier raus. Er musste hinaus zum TransDim-Hafen und nach Garris suchen, wie gering die Hoffnung auch sein mochte, dass er ihn finden würde.

Ehe Pressure das Zimmer der Securities verließ, klaubte er das Frequenzmodul vom Steintisch und versteckte es zusammen mit dem Revolver unter seinem Overall. Zufrieden stellte er fest, dass sich auch *Katharsis* noch dort befand, wo es sein sollte.

Nun denn, dachte er und sammelte seine Kräfte.

Showtime.

Kapitel 12

Pressure verließ das Zimmer der Securities und trat in den Gang hinaus. Die Kälte hier draußen war noch viel schneidender, und Pressure rieb sich mit den Pranken über die Arme, um sich ein wenig aufzuwärmen. Er hatte gehofft, irgendwo Spuren von Townsent oder Wyman zu finden, Blutstropfen auf dem Boden, Schmierspuren an den Türen – aber nichts! Er irrte in dem eisigen Gang umher und fand gar nichts. Keine Leichen. Keine Spuren. Keine Hinweise.

Er kam sich vor, als wandelte er durch eine Geisterstadt. Fast schüchtern klopfte er an die Türen, an denen er vorbeikam. Als auch hier jedes Lebenszeichen ausblieb, begann er immer heftiger gegen die Türen zu trommeln und trat sie irgendwann einfach ein.

Doch auch hier: Nichts. Niemand.

Die Zimmer waren leer, chaotisch und zerstört zwar, aber leer. Obwohl Pressure ahnte, dass es nutzlos sein würde, begann er zu brüllen: „Hallo?", schrie er. „Ist hier noch jemand?" Seine Schreie verhallten unbeantwortet in den weiten Gängen des stählernen Kolosses.

Irgendwann stand er vor einer der Aufzüge, die hoch zum TransDim-Hafen führten. Die Tür sah abweisend aus, keine der Lampen leuchtete, und für einen schrecklichen Moment befürchtete Pressure, dass die Aufzüge im Notstrommodus nicht funktionieren würden. Aber dann öffnete sich die Aufzugtür, ohne dass Pressure den Türöffner betätigt hatte. *Sensoren*, versuchte Pressure sich zu beruhigen, aber als er mit mulmigem Gefühl den Aufzug betrat, konnte er nichts dergleichen erkennen. Ehe er sich weitere Gedanken machen konnte, wurden die unsichtbaren Geisterhände abermals tätig, die Türen schlossen sich wieder und der Aufug setzte sich in Bewegung.

Auch im Aufzug arbeiteten die Atmosphärengeneratoren nicht, und Pressures Knie wurden bedenklich weich in der kalten, schalen Luft. Dann hatte er die Etage mit dem TransDim-Hafen erreicht und blieb stehen, abermals ohne von Pressure die Anweisung dafür bekommen zu haben. Die Aufzugtüren öffneten sich. Die Luft, die einströmte, war von so schneidender Kälte, dass sie Pressure wie eine Faust aus Eis ins Gesicht schlug. Trotzdem würde er keine Sekunde länger in diesem unheimlichen Geisteraufzug bleiben. Mit zusammengebissenen Zähnen trat er aus der Kabine hinaus ins Freie.

Auch hier oben: keine Menschenseele.

Pressure ließ den Aufzug hinter sich; das Geräusch seiner Schritte verlor sich in der Weite der völlig verlassenen Kuppel. Sofort begann die Kälte hungrig an ihm zu nagen.

Was war hier geschehen?

Der TransDim-Hafen breitete sich vor ihm aus wie ein Rätsel, das ihn mit gefrorenem Atem auslachte. Wo war Garris? Wo waren all die anderen? Es hatte keinen Zweck. Er musste zu einem der Sprungräume, er musste irgendwohin, wo er dieser Kälte hier entkommen konnte. Die Luft war so kalt wie flüssiges Eis, und er wusste, dass er mit jedem Atemzug stärker auskühlte. *Wenn ich noch länger hier bleibe, werde ich erfrieren.* Also machte er sich auf den langen Weg von der Statiksäule bis hin zur Kuppelwand, wo sich die Sprungräume befanden.

Anfangs konnte die Bewegung noch ein wenig die Kälte ausgleichen, aber als er knapp die Hälfte des Marsches zurückgelegt hatte, begannen seine Beine zu zucken, und er verlor jedes Gefühl in den Händen, in Ohren und Nase.

Warum war es hier nur so kalt?

Der Notstrommodus war aktiviert, und er war doch gerade dazu da, dass alle verbliebene Energie zur Aufrechterhaltung der Kuppelisolierung verwendet werden konnte. Jetzt aber sickerte die kosmische Kälte durch das Kuppeldach, als wäre das Glas überhaupt nicht vorhanden. Die Luftfeuchtigkeit kondensierte in den eisigen Temperaturen und hing in dicken Wolken unter der Kuppel. Sie verschleierten den Blick auf die vorüberschwebenden Bases und die im Nachtschatten schlummernde Erde. Am Kuppelglas wucherten glitzernde Gespinste von Eisblumen, die so schnell wuchsen, dass man zusehen konnte. Bald würden sie die komplette Glaskuppel mit einer Reifschicht bedeckt haben und auch das letzte Licht aussperren, das noch von außen hereinkam.

Schon jetzt wurde es mit jedem zurückgelegten Schritt düsterer. Der blaue Schein der Notstrombeleuchtung erstickte im trüben Dunst, und Pressure ahnte die Sprungräume eher, als dass er sie sah. Er zwang seine schmerzenden Beine zu schnelleren Schritten. Wenn die Temperatur weiter so schnell sank, würde er erfrieren, ehe er einen Sprungraum erreicht hatte. Sein Atem stieg in Wölkchen dem Kuppeldach entgegen, kostbare Wärme, die seinen Körper verließ.

Als Pressure endlich die Sprungräume erreicht hatte, fühlten sich seine Glieder so hart an, als wären sie aus Holz. Wenn er seine Hände zu bewegen versuchte, blitzten ihm vor Schmerzen purpurne Blitze vor den Augen auf.

Die Türen zu den Sprungräumen waren geschlossen, und die Abdeckungen der T-Terminals von einer Eisschicht überzogen, aber zu Pressures Erleichterung leuchtete das Lämpchen über dem Terminal grün und zeigte, dass es mit Strom versorgt wurde. Pressure krümmte sich vor Schmerz, als er seine Hand zur Faust ballte; mit letzter Kraft ließ er sie auf den Taster krachen. Das Terminal erwachte, und die Abdeckung über dem Frequenzinterface fuhr quälend langsam nach oben, blockiert und behindert von der Reifschicht, die sich darauf gebildet hatte.

Jetzt, da Pressure sich kaum mehr bewegte, konnte die Kälte noch schneller in ihn eindringen. Ihn begann die Vorstellung zu quälen, dass sein Blut jeden Augenblick zu Klümpchen frieren würde, wenn er nicht sofort hier herauskam.

Endlich war die Abdeckung so weit hochgefahren, dass Pressure die Tasten darunter erreichen konnte. Diese Hast bereute er sofort. Seine Finger klebten an den eisigen Tasten einfach fest. Er riss sie fort, spürte nichts, konnte aber sehen, das dunkelrote Tropfen auf die Tastatur niedergingen und sofort festfroren. Unbeholfen stülpte er sich einen Ärmel des Overalls über die Hand und versuchte es erneut. Der Monitor über dem Terminal erwachte zum Leben.

Pressure hielt inne.

Da war schon eine Frequenz eingegeben.

Und er kannte diese Frequenz nur zu gut.

Er beugte sich vor, um ganz sicherzugehen. Tatsächlich. Es war die Frequenz auf dem gestohlenen Frequenzmodul. Die Frequenz, über die sich die NetChart ausschwieg. Es war die Frequenz, hinter der er WetGrave vermutete.

Pressure spuckte aus; feine Splitter aus gefrorenem Speichel klimperten auf den Boden. Er hackte mit seinem vermummten Finger auf der Tastatur herum, doch die Frequenz verharrte störrisch auf dem Monitor und wollte sich nicht vertreiben lassen.

Verflucht noch mal, ich muss hier raus!

Trotzdem würde er nicht blindlings durch dieses Tor springen. So gut es auf seinen tauben Beinen ging, taumelte er zu dem Sprungraum direkt nebenan. Er hatte Mühe, überhaupt noch auf den Beinen zu bleiben. Seine Faust krachte auf den Taster, und abermals verstrichen quälende Sekunden, in denen sich die zugefrorene Abdeckung langsam öffnete.

Als sich ein Schleier über Pressures Sichtfeld legte, überfiel ihn die jähe Angst, sein Auge könnte zufrieren. Hastig bedeckte er es mit der Hand und hoffte, das bisschen Wärme, das noch in ihr stecken mochte, würde genügen, um das zu verhindern. Wenn er in dieser Eiseskälte auch noch mit Blindheit geschlagen würde, wäre er verloren.

Als der Kunststoffkasten des T-Terminals endlich oben war, lugte er zwischen seine Finger hindurch auf den Monitor. Sein letzter Mut erfror. Auch hier leuchtete ihm die Frequenz von WetGrave entgegen.

Aber er hatte keine Wahl.

Hier würde er nicht mehr lange überleben. Eine halbe Stunde, wenn überhaupt, und erste Erfrierungen dürfte er jetzt schon haben. Mit einem Gefühl der Endgültigkeit ließ er seinen vom Ärmel geschützten Finger auf *Enter* fallen. Sofort öffnete sich der Sprungraum; die darin isolierte warme Luft schoss hinaus und umfloss Pressures halb erfrorenen Körper.

Der plötzliche Wärmeschock ließ seine Muskeln verkrampfen; Pressure stolperte über die Schwelle des Sprungraumes und krachte hart auf den Boden aus frequenzresistenter Keramik. Die Tür schloss sich wieder und behielt einen Rest Wärme im Raum. Pressures halb erfrorene Nerven erwachten schreiend, es fühlte sich an, als würde die verbliebene Wärme wie Flammen über sein Gesicht und seine Hände lecken. Trotzdem stöhnte er mehr aus Erleichterung als vor Schmerz.

Der Quantenwandler im Raum hatte bereits ein Sprungtor aufgebaut. Die mattschwarze Scheibe stand da, und ihre Oberfläche kräuselte sich. Pressure hatte keine Ahnung, was dahinter auf ihn wartete. Ein Totes Tor vielleicht. *Oder WetGrave …* Aus irgendeinem Grund war er als Einziger verschont worden. Aus irgendeinem Grund hatte diese Frequenz bereits in den T-Terminals auf ihn gewartet. Das Gefühl, in eine Falle zu tappen, war so intensiv, dass es Pressure fast körperliche Schmerzen bereitete.

Und er wollte sich ihr nicht einfach so ergeben.

Also sah er sich nach den LifeSuits um – diese Anzüge würden ihn vor der Kälte schützen und mit Luft, Wasser und Nahrung versorgen, sodass er wenigstens versuchen konnte, einen anderen Ausweg zu finden. Seine Hoffnung zerschlug sich, kaum dass er sie gefasst hatte. Von den LifeSuits hingen nur noch Fetzen an den Wänden. An den RefreshPorts, mit denen sie normalerweise verbunden waren, blinkten hässliche rote Lampen. Fehlfunktion.

Jemand will mich mit allen Mitteln dazu zwingen, durch dieses Tor zu springen…

Pressure blieb keine Wahl mehr.

Er sah zur geschlossenen Sprungraumtür. Dahinter wartete der sichere Kältetod auf ihn. Er hatte das Gefühl, die Kälte würde bereits hereinkriechen und den kostbaren Rest Wärme verschlingen, der noch übrig geblieben war.

Also machte Pressure sich auf den Weg zum Sprungtor. Seine Beine verkrampften sich noch immer, und er musste sich an der Wand abstützen. Das Gefühl war wieder vollständig in seine Hände zurückgekehrt, und

ein Brennen jagte von seinen hautlosen Fingerspitzen
bis in seine Schultern. Er ignorierte es. Fixierte die
Scheibe vor sich und stieß sich von der Wand ab.

Keine Alternative, dachte er.

Dann sprang er.

Kapitel 13

Als er seine Augen wieder öffnete, lag er auf feucht-warmem Boden. Verwittertes Antisept, wie es schien. Pressure zitterte noch immer, obwohl auch die Luft feucht und warm war. Er hatte keine Ahnung wo er sich befand, aber im Augenblick war er einfach froh, dass er noch atmete. Niemand fiel über ihn her. Keine Tote Frequenz, die ihm das Fleisch von den Knochen nagte.

Er sah sich um.

Die Vorstellung, dass das hier WetGrave sein sollte, kam ihm jetzt jedenfalls genauso albern und unwirklich vor wie dem Offizier.

Pressure stemmte sich hoch. Die Luft tat ihm gut, sie roch nicht wie das aufbereitete Zeug aus den Atmosphärengeneratoren. Außerdem war sie warm und schien fast lebendig zu sein; so viele unterschiedliche Gerüche waren noch nie auf Pressure eingestürmt. So musste es auf der Erde gerochen haben, ehe sie von HypCon ausgebeutet und zu einem Kloakenplaneten verkrüppelt worden war.

Aber irgendetwas war hier falsch.

Pressure schüttelte sich, um das seltsame Gefühl der Befremdung los zu werden. Er hielt es für eine Nachwirkung des Sprungs oder der Kälte. Erst als er blinzelte, erkannte er, dass tatsächlich etwas falsch war.

Sein Auge.

Nicht mit dem linken Auge betrachtete er seine Umgebung, sondern mit dem rechten! Das Licht dieses Ortes durchdrang mühelos die hauchdünne Haut seines zugewachsenen Auges. Pressure konnte seine Umgebung klar und deutlich erkennen, während sein linkes Auge völlig erblindet war.

Er runzelte die Stirn. *Wohin hat mich diese seltsame Frequenz nur gebracht?*

Er nahm einen nachdenklichen Atemzug und sah sich genauer um. Wände wölbten sich über ihm zu einer niedrigen Kuppel aus frequenzresistenter Keramik, und vor ihm stand ein ganz gewöhnlicher Quantenwandler aus blauschimmerndem Metall.

Er war hier in einem Sprungraum.

Also musste er sich in einer Travelbase befinden.

Und wenn er sich die gewölbten Wände so ansah, folgerte er, dass es sich um eine winzige Travelbase handelte, die nur aus diesem einen Sprungraum bestand.

Allerdings sah es hier so aus, als hätte diese Base seit Jahren niemand mehr betreten. Das Metall des Quantenwandlers war getrübt, die Wände bedeckt von undurchdringlichen, fasrigen Staubteppichen. Die Deckenlampe, die automatisch bei jedem Sprung aktiviert wurde, schickte einen siechen Gelbton über alles, und vom einzigen LifeSuit, den es hier gab, sah man nur die Konturen, die sich unter einer dicken Schmutzschicht abzeichneten.

In dem schwachen Licht erfasste Pressure erst allmählich, dass ein Loch in dem Sprungraum klaffte, dort, wo sich die Kommandozeile befand. Es sah aus, als hätte jemand ein riesiges Stück aus der Wand und dem Kommandopult herausgebissen. Kabel ragten wie Eingeweide aus der zerstörten Computerzeile. Hinter dem Loch war nur graubrauner Dreck zu erkennen.

Pressure beschloss, das näher in Augenschein zu nehmen. Er zwängte sich durch die Lücke in der Kommandozeile und blieb vor dem Loch in der Wand stehen. Dahinter befand sich so etwas wie Erde, die in steiler Steigung nach oben führte, als läge diese kleine Base am Grunde eines Kraters.

Von dort draußen kam die warme Luft herein. Sie umschmeichelte Pressure, während er in Überlegungen versank. Ob diese Base aus dem Basenet gefallen war und sich in die Kruste der Erde gebohrt hatte? Das wäre auch die einzige Erklärung dafür, warum Pressure hier überhaupt atmen konnte. Der Gedanke ermutigte ihn, und da er schon mehrmals auf der Erde gewesen war, streckte er kurzentschlossen sein Bein aus dem Loch und setzte den Stiefel vorsichtig auf den Boden dahinter.

Er erschrak.

Obwohl das Zeug staubtrocken aussah, war es seltsam elastisch und wippte wie Sumpferde. Er hielt sich an der ausgefransten Lochkante fest und schob seinen Körper vollends hinaus. Der Boden unter ihm wippte und schien sich gar nicht beruhigen zu wollen.

Pressure sah sich um.

Ein Krater, tatsächlich. Wände aus Erde umgaben die Base und wuchsen in einen düsteren, schwarzgrauen Himmel hinauf. Direkt hinter dem Loch war die Erde aufgeworfen, und eine breite Furche führte die Kraterwand empor, als hätte jemand etwas Schweres dort hinaufgeschleift. Pressure betrachtete das Loch in der Base und die Lücke in der Kommandozeile. Er runzelte die Stirn. Die Schleifspur war genauso breit wie das Loch. Irgendjemand schien das, was aus der Kommandozeile herausgerissen worden war, den Krater emporgezerrt zu haben.

Ein Grund mehr, nachzusehen, was da oben los war.

Der Anstieg war steil, aber wenn die Erde nicht zu rutschig war, würde Pressure ohne große Mühe hinaufklettern können. Er stieß eine Stiefelspitze schwungvoll in den Boden, unterschätzte aber deren seltsam wippende Konsistenz, verlor das Gleichgewicht, kippte vornüber und stützte sich mit den Händen ab. Zu spät erinnerte er sich daran, dass ihm der Frost die Haut von den Fingerspitzen der rechten Hand gerissen hatte, und erwartete noch im Sturz, dass ihm die trockene Erde gleich wie Salz auf den wunden Stellen brennen würde. Aber nichts dergleichen geschah. Verwundert zog er seine Pranke aus der Erde und betrachtete sie. Die Finger sahen völlig unversehrt aus, die Haut war makellos. Allmählich trat die Vorsicht hervor, und schob seine Erleichterung, überlebt zu haben, beiseite.

Was ist das hier für ein Ort?

Skeptisch sah er zu dem düsteren Himmel auf und lauschte. Obwohl er nichts hören konnte, fischte er trotzdem den Revolver aus dem Overall. Erst dann begann er die Kraterwand entlang der breiten Schleifspur emporzuklettern.

Je höher er kam, desto mehr offenbahrte sich ihm von dem geheimnivollen Ort, an dem er gestrandet war. Aggressiv gezackte Felsen ragten in den Himmel, bemalt von einem bleigrauen Licht. Geräusche waren noch immer keine zu hören. Keine Tiere, keine Vögel, keine Insekten. Nicht einmal ein Windzug. Ächzend quälte Pressure sich die Steigung empor. Die Felsspitzen wuchsen sich zu einem riesigen Gebirgszug aus, der sich schwarz und bedrohlich über ihn neigte. Das Gefühl unendlicher Verlassenheit befiel ihn.

Wahrscheinlich war er hier in einer lebensfeindlichen Steinwüste gelandet, eine weitere Falle HypCons, die jeden ausschalten sollte, der versuchte, den Geheimnissen des Kartells auf die Spur zu kommen. Eine Wüste voll mit den Knochen der Dummköpfe, die wie Pressure geglaubt hatten, den *Colombo*-Frequenzcode entdeckt zu haben.

Pressure kniff die Augen zusammen. Der Himmel wurde heller. Wahrscheinlich war es nur noch eine Frage der Zeit, bis eine blutrote Sonne den Krater und die Base darin in einen Backofen verwandeln würde.

Schließlich hatte er den Kraterrand erreicht und versuchte herauszuklettern, was mit dem Revolver mit der Hand gar nicht so einfach war. Als er es endlich geschafft hatte, verließen ihn die Kräfte.

Scheiße.

Keine Wüste.

Er war umgeben von einem pechschwarzen Ozean.

Oder einem pechschwarzen See.

Dunkle Fluten, so weit das Auge reichte, und die Schleifspur, der Pressure gefolgt war, verschwand einfach in dieser finsteren Brühe. Der Krater, aus dem er gerade geklettert war, sah aus wie ein trichterförmiges Becken, das man in den See eingelassen hatte. Er führte *unter* den Wasserspiegel, wobei nur der Kraterrand über die Wasseroberfläche hinausragte und den Ozean daran hinderte, in den Trichter hineinzufließen. Der Rand ragte wie ein Kranz aus den schwarzen Wellen heraus, und obwohl der Ozean ständig an ihm leckte, gab es nicht die geringste Erosion.

Während Pressure über diesen schmalen Kranz aus wippender Erde balancierte, blickte er nachdenklich auf die beschädigte Base am Grunde des Kraters. Sie hatte einen Durchmesser von höchstens dreißig Metern und das Metall war vollständig mit braunem Staub bedeckt. Wie viele Jahre musste sie da unten schon liegen? Es erschien Pressure einfach unbegreiflich, dass dieser schmale Kranz den See all die Jahre daran hatte hindern können, in den Trichter zu fließen und die Base darin zu verschlucken. So etwas wie Stürme und starken Wellengang schien es hier nicht zu geben.

An Unbegreifliches sollte ich mich jetzt allerdings langsam gewöhnt haben, dachte Pressure, und betrachtete seine unversehrten Fingerspitzen mit dem ansonsten blinden Auge.

Er ließ die Hand sinken und starrte auf den Ozean. Wohin er auch blickte, überall nur schwarze Wellen, die träge vor sich hin wogten, bis der Horizont sie verschluckte. Der Gebirgszug begann irgendwo hinter dem Horizont; die Berge mussten gewaltig sein.

Pressure schauderte.

Je länger er das träge Schwappen der schwarzen Fluten beobachtete, desto mehr begann er daran zu zweifeln, dass dieser Ozean aus Wasser bestand. Zähflüssig wogten die Wellen vor sich hin, und obwohl sie keinen Geruch verströmten, dachte Pressure sofort an Teer, an faulenden Schlick oder Schlimmeres. Das Zeug sah giftig aus. Es sah feindselig aus. Und es bestätigte Pressures Verdacht, dass HypCon ihn mit dieser Frequenz tatsächlich in eine Falle gelockt hatte. Hier gab es nichts, was das mysteriöse Verschwinden aller Menschen aus der riesigen Wohnbase erklärte, und Hinweise auf die HypCon-Spitze oder gar auf *Colombo* würde es erst recht nicht geben.

Pressure dachte an die Bürger und an die Arbeitsbases, in denen sie spurlos verschwanden. Er dachte an die Base, die soeben entvölkert worden war. Und er dachte an Garris. Er hatte keine Ahnung, was das gottverdammte Kartell mit ihm angestellt hatte oder gerade mit ihm anstellte.

Er hatte auf Antworten gehofft. Stattdessen hatte er *das* hier gefunden. Pressure starrte mit wachsender Entmutigung auf den See hinaus.

Vielleicht wäre das monotone Schwappen der Wellen sogar beruhigend gewesen, wäre da nur nicht dieses hartnäckige Gefühl, dass der See ihn mit feindseligen Augen anstarrte. Und als hätte etwas in den Fluten

Pressures Gedanken gehört, warf sich plötzlich eine bedrohliche Welle auf; irgendetwas unter der Oberfläche hatte sich hastig bewegt. Die Welle rollte an den Kraterrand heran und leckte gierig über Pressures Stiefel. Erschrocken sprang er zurück und wäre fast rückwärts in den Krater gestürzt. Mit hämmerndem Herzen fing er sich wieder. Der See schien ihn höhnisch anzugrinsen. Welchen besseren Ort könnte es geben, um Pressures hartnäckige Suche für immer zu beenden?

Ein Gefängnis. In der Tat.

Aber so leicht würde Pressure nicht aufgeben. Sein Überlebensinstinkt war erwacht.

Mit frischer Entschlossenheit rutschte er den Krater hinab und kletterte durch das Loch in der Base zurück in den Sprungraum. Er suchte das T-Terminal und fand es hinter dem Quantenwandler. Es sah so verdreckt und unbrauchbar aus wie der Rest der Base. Trotzdem wischte Pressure mit dem Ärmel den Schmutz von dem Terminal, legte behutsam seine Pranke auf den Taster und drückte ihn so vorsichtig wie möglich, um die Technik nicht noch mehr zu beschädigen, als sie es sicherlich ohnehin schon war. Tatsächlich erwachte das Terminal zum Leben. Die Blende, die das Terminal schützte, fuhr nach oben, dicke Staubflocken lösten sich von dem Kunststoff und schneiten auf die Tastatur darunter. Der aufgewirbelte Staub schmeckte bitter, aber im Augenblick interessierte Pressure nur, ob das Gerät in der Lage sein würde, ein Sprungtor aufzubauen, um ihn von hier fortzubringen.

Der Bildschirm begann zu flackern.

Und das war alles.

Kein HypCon-Logo, keine Auswahlmenüs. Nichts. Der Bildschirm flackerte nur hell vor sich hin. Pressure ließ die Blende wieder herabfahren und versuchte es erneut. Wieder nur dieses Flackern. Es überraschte ihn nicht. Man hatte ihn, den Störenfried aus der Oberschicht, also tatsächlich hierher verbannt und die Verbindung zum Basenet gekappt.

Aufgeben war dennoch keine Option. Er sah sich in der Base um, auf der Suche nach etwas, das ihm weiterhelfen konnte. Material vielleicht, mit dem er ein Boot bauen könnte, um wenigstens von dieser verdammten Kraterinsel zu verschwinden und sich irgendwie zu dem Gebirge durchzuschlagen. Mit etwas Glück würde es dort nicht nur Felsen und Ödnis geben. Er fand jedoch nichts dergleichen. Vielleicht sollte er erst einmal an das Grundlegende denken. Nahrung. Wasser. Seine letzten Nahrungsreserven hatte er auf dem Shuttleflug von der Erde zur Travelbase aufgebraucht, und er würde sich eher seine eigene Pisse einverleiben, als auch nur einen Schluck von der schwarzen Brühe da draußen zu trinken.

Während er diesen Gedanken nachhing, blieb sein Blick an den Konturen des LifeSuits hängen, der sich unter dem Staub abzeichnete. Ein Funke Mut durchzuckte ihn. Dieser Anzug hier war nicht zerfetzt. Natürlich könnte auch dieser Überlebensanzug unbrauchbar geworden sein, aber LifeSuits waren darauf ausgelegt, auch unter extremen Bedingungen ihre Funktionsfähigkeit zu behalten.

In den kleinen Tornistern dieser Allroundanzüge befand sich genügend Trinkwasser, um eine Woche überleben zu können. Die Vorräte an Proteinpaste würden sogar noch länger halten. Zwar schmeckte diese widerliche Pampe nach aufgeweichtem Papier, aber sie war nahrhaft und enthielt alles, was man zum Überleben brauchte. Pressure zögerte nicht lange und zog den Anzug von der Wand. Dicke Staubwolken lösten sich von ihm und brannten in Pressures Augen. Ein Hustenanfall schüttelte ihn. Als Pressure wieder Luft bekam und den Anzug vom schlimmsten Dreck befreit hatte, schlüpfte er in das schlackernde Ding und betätigte die Anpassungsautomatik.

Sofort zog sich das elastische Material zusammen und saugte sich eng anliegend an Pressures Körper fest, so unförmig der auch war. Den Helm ließ er vorerst auf dem Boden liegen, Luft zum Atmen gab es hier ja Gott sei Dank genug.

Das kleine Keyboard am Ärmel des Anzugs sah so alt und verrottet aus wie der Rest der Base, aber Pressure stellte erleichtert fest, dass es funktionierte. Das Display war verkratzt und stumpf, aber das Kontrollmenü schimmerte gut sichtbar hindurch. Pressure checkte die Wasservorräte und stöhnte erleichtert auf: Für zwei Tage würde es noch reichen. Falls die RefreshPorts hier in der Base noch funktionierten, würde er fast unbegrenzt überleben können. Diese Aufladestationen gab es wie auch die Überlebensanzüge in jedem Sprungraum. Sie füllten die LifeSuits wieder mit Atemluft, Nahrung und Trinkwasser.

Diesmal war Pressure auf die Staubwolke vorbereitet und hielt sich schützend einen Arm vors Gesicht, als er den RefreshPort von dem Staub befreite. Dann fummelte er den Schlauch aus dem Tornister des Anzugs und verstöpselte ihn damit. Aber hier hatte er kein Glück. Die Aufladestation war buchstäblich versiegt.

Allerdings waren auch die zwei Tage Vorrat mehr, als Pressure zu hoffen gewagt hatte, und wenn er sich einschränkte, würde er sogar noch länger durchhalten.

Da der LifeSuit mit jedem Schritt beißende Staubwolken absonderte, begann Pressure ihn etwas sorgfältiger zu reinigen. Dabei legte er eine kleine Metallplakette frei, die an der Brust des Anzugs befestigt war. Mit einer gedankenlosen Daumenbewegung wischte er den Schmutz von der Plakette. Dann las er die Buchstaben, die er freigelegt hatte.

Seine Beine gaben nach, und er musste sich an der Wand abstützen. Pressure hatte das Gefühl, als hätte man ihm abermals eine Tazer-Ladung in den Körper gejagt. Er wischte sich über das zugewachsene Auge und las abermals. Seine Finger schwebten über der Plakette und wagten nicht, sie noch einmal zu berühren.

Colombo.

Mit zitternden Händen zog er den verstaubten Stuhl neben dem T-Terminal zu sich und ließ sich darauf fallen. Den beißenden Staub, der ihn daraufhin einhüllte, bemerkte er kaum. Seine Gedanken rasten. Er hatte also doch recht gehabt. Das hier war kein Gefängnis und keine Falle. Die *Colombo* war kein Mythos, und er hatte den Frequenzcode gefunden, der zu ihr führte.

Pressure begann die ganze Umgebung mit völlig anderen Augen zu sehen. Dieses Loch in der Wand. Die Schleifspuren, die den Krater empor führten. Dieser schwarze Ozean, in dem die Schleifspuren verschwanden. Das alles musste etwas mit dem zu tun haben, was der Besatzung der *Colombo* hier widerfahren war.

Ich sitze hier in einem Sessel, den Mitglieder der HypCon-Spitze benutzt haben, dachte er, und selbst wenn er sich als erbitterten Gegner des Kartells verstand, erfüllte ihn dieser Gedanke mit Ehrfurcht. Mit zitternden Fingern begann er sich durch die Menüs zu klicken, die ihm das Display am LifeSuit zur Verfügung stellte. Vielleicht würde er dort irgendwelche Informationen über das finden, was geschehen war. Absturz-Logs oder Refresh-Protokolle, die Hinweise darauf lieferten, wie lange die Base schon hier gestrandet war.

Solche Hinweise fand er nicht.

Aber er fand einen Travel-Detektor.

Travel-Detektoren gehörten zur unverzichtbaren Ausrüstung eines LifeSuits. LifeSuits waren dazu konstruiert den Springern ein Überleben zu garantieren, wenn etwas mit der Zielbase nicht stimmte, deshalb versorgten sie die Springer nicht nur mit dem Grundlegenden wie Wasser, Luft und Nahrung, sondern waren auch mit einem Travel-Detektor ausgerüstet. Dieser Detektor zeigte einem, wo sich das nächste funktionstüchtige T-Terminal befand, mit dem man ein Sprungtor aufbauen und aus seiner Notlage entkommen konnte.

Und der Detektor an Pressures Anzug empfing ein Signal.

Hier gibt es irgendwo einen funktionstüchtigen Quantenwandler!

Im ersten Augenblick glaubte Pressure, der Detektor würde nicht recht funktionieren und nur wegen des defekten T-Terminals hier in der *Colombo* ausschlagen. Aber dann erblickte er die Koordinaten, die das Gerät anzeigte.

>X: 982,5 m<

>Y: -251,9 m <

Pressures Atem beschleunigte sich, als ihm klar wurde, was diese Zahlen bedeuteten. Einen knappen Kilometer von hier entfernt gab es einen funktionierenden Quantenwandler.

Fast 300 Meter unter seinen Füßen.

Er schluckte, dachte an die Schleifspuren, die in den See führten, an das herausgerissene Stück aus der Kommandozeile, die irgendjemand in den See gezerrt hatte. *Irgendjemand oder irgendetwas …*

Pressure warf einen Blick auf das LifeSuit-Display. Der Richtungspfeil des Traveldetektors zeigte exakt in die Richtung, in der die Schleifspur den Krater empor führte. Ohne weitere Gedanken zu verschwenden, schnappte er sich den Helm des LifeSuits, folgte der Schleifspur und erklomm abermals die Kraterwand. Das Display ließ er dabei nicht aus den Augen und beobachtete, wie sich die Entfernungsangaben veränderten. Oben angelangt, kamen die Zahlen zur Ruhe und festigten Pressures Verdacht zur Gewissheit.

Wenn er durch ein funktionierendes Sprungtor von hier entkommen wollte, musste er fast einen Kilometer

in diesen schwarzen See hinausschwimmen. Und dann
in eine die Tiefe von über 200 Metern hinabsinken.

Kapitel 14

Pressure stand am Kraterrand und starrte auf den See hinaus. Die dunklen Fluten schienen herausfordernd zurückzustarren, als wüssten sie, dass Pressure keine Wahl hatte. Wenn es nur darum gegangen wäre, dem Geheimnis der *Colombo* auf die Spur zu kommen, hätte er nicht einmal mit dem Gedanken gespielt, in diese Brühe hinauszuschwimmen. Er wollte sich nicht einmal vorstellen, was dort alles auf ihn lauerte.

Jetzt jedoch sah die Sache ganz anders aus.

Er musste einen funktionierenden Quantenwandler erreichen, wenn er überleben wollte. Und da sich ein solcher Quantenwandler in den Tiefen dieser schwarzen Flut versteckte, hatte er keine andere Wahl, als dieses Himmelfahrtskommando anzutreten.

Hier blieben ihm nur ein defekter Quantenwandler und Lebensmittel, mit deren Hilfe er allerhöchstens eine Woche überleben könnte.

Pressure wog seinen Revolver in der Hand. Wenn die Waffe dort, wo er jetzt hinwollte, noch funktionieren sollte, musste sie wasserdicht verstaut werden. Die Taschen am LifeSuit sahen solide aus, aber der LifeSuit war mehrere hundert Jahre alt, und Pressure bezweifelte, dass diese Taschen darauf ausgelegt waren, einen Tauchgang von fast 300 Metern wasserdicht zu überstehen. Schweren Herzens verstaute er die Waffe mitsamt der verbliebenen Ersatzmunition unter seinem eigenen Overall, um möglichst viel Stoff zwischen die Munition und jegliche Flüssigkeit zu bringen.

Als er damit fertig war, atmete er durch.

Dann tauchte er einen Stiefel in den See. Das schwarze Zeug umschloss seine Knöchel und fühlte sich unangenehm kühl an. Die Vorstellung, in dieser Brühe zu schwimmen und dann fast 300 Meter tief hinabzutauchen erfüllte ihn mit unbeschreiblichem Ekel. Er starrte in den See hinaus und versuchte die aufsteigende Übelkeit zu bezwingen. Da schloss sich ein Kontakt in seinem Gehirn.

WetGrave.

Sein ganzes Leben lang hatte er diesen Begriff für Folklore gehalten, für eine Erfindung, eine sagenhafte Bezeichnung, um die Horrorgeschichte hinter der verschwundenen *Colombo* spektakulärer zu gestalten. Jetzt jedoch schien ihn dieser See mit schwarzen Augen zu belauern.

WetGrave!

Wet Grave!

Nasses Grab!

Was sich auch immer dort unten verbergen mochte, es hatte Jahrhunderte lang verhindern können, dass man sein Geheimnis weitererzählte. Niemand war jemals von dort zurückgekehrt.

Nasses Grab, in der Tat.

Furcht stieg wie Faulgas in Pressure auf.

Von dem Triumph, den er noch beim Diebstahl des Frequenzmoduls empfunden hatte, war nichts mehr übrig.

Es galt sich zu entscheiden.

Hier oben erwartete ihn der Tod in Gestalt von Hunger, Durst oder seinem eigenen Revolver. Dort unten lockte ihn der Tod mit der schwachen Hoffnung auf einen Quantenwandler.

Na gut, vielleicht kann ich WetGrave noch einmal ins Auge blicken, bevor es mich umbringt, dachte Pressure.

Benommen setzte er sich den Helm auf den Kopf, bis der Verschluss sanft einrastete. Das großzügige Visier beschlug anfangs, aber sofort zischte die Atemluftzufuhr des Suits und befreite Pressures Gesichtsfeld von allem Dunst.

Nun denn. Showtime.

Kapitel 15

Die Helligkeit eines erwachenden Tages kroch über den Himmel, aber das verantwortliche Gestirn blieb verborgen. Pressures Schritte erzeugten ein widerliches schmatzendes Geräusch, als er in der fahlen Helligkeit in den See hinausstapfte. Wasser, so war er sich nun endgültig sicher, konnte das unmöglich sein. Es war zähflüssiger und dichter und umschloss seinen Körper mit unangenehm festem Griff, als er gerade bis zur Hüfte in der Flut versunken war.

Er watete weiter in den See hinaus, in den Ozean oder was auch immer das war. Bald leckte ihm die dunkle Flüssigkeit gegen die Brust, und kleine Wellen schlugen gegen die Kinnpartie seines Helms. Pressure hob angewidert die Hände über den Kopf – er konnte sich einfach nicht dazu überwinden, seine Arme in dem teerschwarzen Zeug zu versenken.

Dabei bemerkte er ein Blinken auf dem Display seines Suits. Er blieb stehen. Sein LifeSuit informierte ihn, dass die Sensoren *flüssige Umgebung* festgestellt hätten, und fragte höflich, ob sich die Automatik darauf einstellen solle. Pressure bestätigte das. Ein neues Untermenü baute sich auf und empfahl Pressure *automatische Luftgemisch/Druckanpassung*; auch das wählte Pressure.

Schließlich blieben zwei virtuelle Tasten auf dem Display übrig, mit denen er sich zwischen *Deflate (Tauchen)* und *Inflate (Schwimmen)* entscheiden konnte.

Kurzentschlossen tippte er auf *Inflate (Schwimmen)*. Sofort füllte sich die Haut des Suits mit gewärmter Luft, Pressure spürte, wie er Auftrieb bekam, und hatte zu kämpfen, dass er nicht vornüberkippte. Irgendwann wurde der Auftrieb so stark, dass er Pressure von den Füßen riss und ihn schließlich in eine Art lebendiges Schlauchboot verwandelte, das auf den Wellen des schwarzen Ozeans herumtanzte. Die Luft hörte auf einzuströmen. Pressure lag auf dem Rücken und starrte in den Himmel, während die trägen Fluten gegen seinen Helm schwappten. Wenn er den Kopf hob, konnte er den Krater mit der *Colombo* zwischen seinen Füßen erspähen. Mit mulmigem Gefühl stellte er fest, dass sich das schmale Ufer von ihm entfernte; eine unsichtbare Strömung musste ihn gepackt haben und allmählich in den Ozean hinaustragen.

Pressure nahm einen tiefen Atemzug. *Warum länger warten.* Er suchte auf seinem Display nach der Richtungsangabe des Travel-Detektors, tauchte widerstrebend seine Hände in die Fluten und begann zu paddeln. Mit pochendem Herzen beobachtete er, wie schnell sich die Kraterinsel von ihm entfernte.

Während die X-Achsen-Entfernung auf dem Display schmolz, behielt Pressure die Seeoberfläche im Auge. Immer wieder konnte er aus dem Augenwinkel beobachten, wie sich die Fluten kräuselten, verursacht von irgendetwas, das sich unter der Oberfläche bewegte. Irgendwelche Lebewesen auf der Jagd nach Nahrung wahrscheinlich. So großflächig, wie die Fluten manchmal aufwallten, wagte Pressure sich nicht auszumalen, wie groß diese Lebewesen waren. Oder wie zahlreich. Er konnte nur beten, dass er nicht auf ihrer Speisekarte stand.

Um sich abzulenken, konsultierte er sein Display und versuchte herauszufinden, ob der LifeSuit über irgendwelche Lichtquellen verfügte. Die würde er auf seinem Tauchgang bitter nötig haben.

Das Menü des Displays war auch hier angenehm intuitiv. Schnell hatte Pressure herausgefunden, wie man die Scheinwerfer an Helm, Display, Stiefeln und Handschuhen aktivieren konnte. Wahrscheinlich würde das Licht in dieser Tinte nicht sonderlich viel ausrichten, aber die Vorstellung, über funktionierende Scheinwerfer zu verfügen, beruhigte ihn trotzdem.

Nachdem Pressure das Licht wieder gelöscht hatte, um Energie zu sparen, legte er den Kopf in den Nacken und schwamm weiter.

Er betrachtete den Himmel. Es wurde ständig heller, obwohl man noch immer weder Sonne oder sonst etwas erkennen konnte. Das Licht hier erschien Pressure irgendwie *reicher* als alles Licht, das er zuvor gesehen hatte. Es schien mehr Farben zu haben, auch wenn sein Gehirn es nicht schaffte, diese irgendwie einzuordnen. Ob das an seinem rechten Auge lag?

Dass Pressures Arme allmählich ermüdeten, bemerkte er nur am Rande. Die Luft um ihn herum begann zu funkeln, als würde sich das Licht in unsichtbarem Eisstaub brechen. Winzige Explosionen erstrahlten um ihn herum in allen Farben des Regenbogens.

Plötzlich wurde er von einer Strömung erfasst. Kraftvoll packte sie Pressure und zerrte ihn weiter hinaus. Zu Tode erschrocken aktivierte er seine Helmscheinwerfer, warf sich auf den Bauch und tauchte das Visier unter die Oberfläche. Zu spät. Was auch immer die Ursache für diese Strömung gewesen war, hatte sich wieder aus dem Staub gemacht. Die Scheinwerfer stießen nur zwei viel zu kurze bleiche Lanzen in dunkles Nichts. Vielleicht hatte es gar kein Interesse an Pressure gehabt.

Oder ich hatte einfach Glück, und es hat mich nicht bemerkt …

Er blickte sehnsüchtig zurück zum Kraterrand. Unerreichbar fern ragte der Wall aus den dunklen Wellen, und doch hatte Pressure das Gefühl, er würde ihn mit säuselnden Stimmen zurücklocken. Aber er kämpfte sich weiter, verdrängte all die Gedanken an das, was in diesen Fluten hausen mochte, was diese Strömungen auslöste und was ihn vielleicht von unten anstarrte …

Obwohl seine Arme schmerzten, begann Pressure schneller zu paddeln. Damit schien er die Aufmerksamkeit des Ozeans jedoch erst recht auf sich zu ziehen. Immer wieder erfassten ihn kleine Strömungen; sie zupften wie hungrige Fische an ihm und zogen ihn mal in die eine, dann in die andere Richtung. Erst als Pressure sich ganz ruhig verhielt, klangen auch diese Strömungen wieder ab.

Irgendwann wagte er weiterzuschwimmen. Der Himmel hatte sich jetzt endgültig aus dem Kokon der Dämmerung geschält, und das nüchterne Grau wurde überzogen von tanzenden Farben. Wie ein riesiger, lebendiger Regenbogen hing der Himmel über Pressure, die Farben verliefen ineinander, umspielten sich, fielen auf die Felsen hinter dem Horizont und verliehen der trostlosen Landschaft fast etwas Lebendiges.

Nur der See blieb schwarz.

Nicht die kleinste Reflexion glitzerte auf seiner Oberfläche; die schwarzen Fluten glotzten in den bunten Himmel als würden sie ihn verabscheuen. Pressures Display piepte und forderte seine Aufmerksamkeit.

>X: 0 m<

Sein Ziel befand sich nun direkt unter ihm.

Kühl schien ihn das Gerät anzulächeln und fordernd in die Tiefe zu deuten. Pressure spürte Schweißtropfen, die über seine Stirn perlten und an seinen Augenbrauen hängen blieben. Er starrte in den bunten Himmel. Er wischte sich bei dem Gedanken, dass er lieber hier oben bleiben wollte, gebadet im Licht des freundlichen Farbenspiels über ihm.

Entschlossen wischte er den Gedanken fort. Es ging nicht nur um sein eigenes Leben.

Wenn das Verschwinden von Garris und den Mittelständischen mit diesem Ort hier zu tun hatte, dann war er dafür verantwortlich. Warscheinlich hatte seine Anfrage an die NetChart irgendeine Kettenreaktion ausgelöst.

Er dachte an HypCon und daran, dass er geschworen hatte, sich der Verderbtheit entgegenzustellen, mit der das Kartell das Basenet vergiftete.

Er dachte an die Raubzüge durch die Bases, an die vielen offenen Enden, auf die er und Garris dort gestoßen waren; er dachte an das hirntote Sklaventum, das die moderne Menschheit beinahe lächelnd ertrug. Und er dachte an die bedingungslose Loyalität, mit der ihm Garris stets zur Seite gestanden hatte.

Er war es ihnen schuldig, verdammt noch mal. Jetzt war er hier. Jetzt hatte er die Chance, einen Blick auf das dunkle Herz HypCons zu erhaschen. Und wenn er dabei draufging, dann war das eben der Preis, den er zu zahlen hatte.

Grimmig drückte Pressure *Deflate (Tauchen)*. Die Luft entwich aus dem LifeSuit und überließ ihn der hungrigen Tiefe.

Kapitel 16

Pressure hörte, wie der See mit einem Schmatzen über ihm zusammenschlug, und widerstand dem Drang, seinen Suit sofort wieder mit Luft zu füllen. Die Schwärze um ihn herum zerrte an seinen Nerven. Obwohl die Scheinwerfer stark genug waren, um an Land mehrere Kilometer weit sichtbar zu sein, reichte ihr Licht hier nicht einmal bis zu Pressures Stiefelspitzen. Sein Blickfeld endete knapp unter dem Bauchnabel, und alles, was er erkennen konnte, war milchig und verschwommen.

-247 Meter
Schon in dieser geringen Tiefe von knapp fünf Metern begann er die Orientierung zu verlieren. Pressure wusste nicht ob er sich abwärts oder aufwärts bewegte, er konnte sich nicht vorstellen, in welche Richtung er blickte, hatte keine Ahnung, wo der Kraterrand aus dem See lugte oder wo sich das Gebirge befand.

Um die aufsteigende Panik zu bekämpfen, versuchte er sich auf das Geräusch seines Atems zu konzentrieren. Gasventile klapperten, Luft zischte, als sie in seinen Helm gepumpt wurde; verbrauchter Atem entwich mit schwerem, zähflüssigem Blubbern in den Fluten. Nach einer Weile blickte er auf sein Display. Pressure musste es sich direkt an sein Visier halten, um die Buchstaben und Ziffern darauf lesen zu können.

-230 Meter

Der See schien mit zunehmender Tiefe unruhiger zu werden. Die unterschwelligen Strömungen tauchten wieder auf; es war, als ob die Seeflüssigkeit ihn packte und in eine willkürliche Richtung drängte. Dann kehrte wieder Ruhe ein. Aber es war eine trügerische Ruhe und Pressure beschlich der Verdacht, dass er belauert wurde.

-200 Meter.

Die Strömungen nahmen zu, wurden aufdringlicher. In Pressure reifte die Gewissheit, dass sie von etwas Lebendigem verursacht wurden, das dicht um ihn herumschwamm. Das Gefühl, belauert zu werden, steigerte sich ins Unerträgliche.

Pressures Atem beschleunigte sich, und das Klicken der Gasventile klang ihm schmerzhaft laut in den Ohren. Nichts zeigte sich in der Reichweite seiner Scheinwerfer, aber er *wusste*, dass da etwas war, etwas, das ihn in der Dunkelheit umkreiste, sorgfältig darauf bedacht, nicht gesehen zu werden. Verzweifelt dachte Pressure an die Waffen, die er unter dem Suit trug. Ein Revolver, ein Tazer, beides nur wenige Zentimeter entfernt, aber unerreichbar und nutzlos.

-170 Meter

Es wurde kalt. Das Display zeigte eine Außentemperatur von 4 Grad Celsius, und der Suit begann zwei chemische Komponenten in die Kapillaren der Nanohaut des Anzugs zu pumpen. Sobald sie aufeinander trafen, erzeugte die entstehende Reaktion eine angenehme Wärme, die Pressure in dieser Schwärze irgendwie unwirklich vorkam. Die jähen Strömungen der Seeflüssigkeit hatten ihn mittlerweile über 300 Meter von dem Quantenwandler weggezerrt.

Pressure wagte es trotzdem nicht, zurückzuschwimmen. Im Moment beschränkten sich die Urheber der seltsamen Strömungen noch darauf, ihn nur zu beobachten.

Und er wollte nicht, dass sich das änderte.

-120 Meter

Er sank und sank und sank; die Dunkelheit schien kein Ende nehmen zu wollen. Um sich von den hartnäckigen Strömungen abzulenken, konzentrierte sich Pressure auf das LifeSuit-Display. Er studierte, wie sich in zunehmender Tiefe die Gasgemische an den steigenden Druck anpassten, lauschte, wie sich das Geräusch der einströmenden Luft veränderte, und achtete darauf, wie sich das auf den Geschmack der Atemluft auf seiner Zunge auswirkte. Aber so sehr er sich auch bemühte, es fiel ihm immer schwerer, nicht einfach *Inflate (Schwimmen)* zu drücken und wie ein Ballon an die Oberfläche zurückzuschießen.

Hin und wieder glaubte er etwas im Dunkel aufblitzen zu sehen, geisterhaft und fahl. *Trugbilder,* redete er sich ein, *vielleicht eine Art Tiefenrausch*, aber er wusste natürlich, dass die Gasgemisch/Druckanpassung seines Suits darauf ausgelegt war, so etwas zu verhindern. Und das konnte nur eines bedeuten.

Was mich da auch immer belauert ... es kommt näher ...

-100 Meter

Aus Pressures Befürchtung wurde Gewissheit. Was auch immer die Strömungen um ihn herum verursachte, begann zudringlich zu werden. Hier tauchte ein bleicher Schemen in seinem Blickfeld auf, dort streifte etwas Ledriges seinen LifeSuit; seine Fantasie füllte das Unbekannte mit immer wilderen Schreckensbildern, und Pressure hatte wachsende Mühe die aufsteigende Panik zu zähmen.Plötzlich spürte er Schwimmbewegungen von etwas, das scharf auf ihn zukam und abrupt vor ihm stehen blieb. Pressure konnte die Nachwallungen des Bremsmanövers spüren.

Und nicht nur das.

Da war es.

Genau außerhalb der Reichweite der Scheinwerfer. Pressure wusste, dass es ihm direkt in die Augen glotzte. Ihn überkam das absurde Gefühl, die Gedanken seines Beobachters wahrnehmen zu können. So seltsam es auch war, er glaubte dessen Feindseligkeit zu *schmecken*... Pressure zog seine Arme ganz nah an den Körper, wie ein Kind, das glaubt, vom Monster unter seinem Bett gefressen zu werden, wenn es sich nicht ganz klein macht.

Dann bewegte sich das Ding wieder.

Es umrundete Pressure, und er konnte die sanften Wellen spüren, als es abermals direkt vor ihm stehen blieb; näher, wie es schien. Pressure wagte es nicht, sich zu rühren.

Er starrte blind ins Dunkel.

Nichts schien zu geschehen.

Dann tauchte es in seinem Blickfeld auf. Pressure schrie auf, doch die schwarze Flüssigkeit um ihn herum verschluckte diesen Schrei ebenso schnell, wie das Licht seiner Scheinwerfer. Ganz kurz nur war es in die Lichtglocke vorgedrungen, fast sofort war es wieder zurückgezuckt und in der Dunkelheit verschwunden, als hätte es jemand an einer Leine fortgerissen.

Aber der kurze Augenblick hatte genügt, und der Anblick schien sich in Pressures Augen eingeätzt zu haben, so deutlich stand er noch vor ihm: Ein knochenweißer, kahler Schädel; ein kreisrundes Loch dort, wo bei einem Menschen der Mund war, und Wangen, die sich wie in einem langsamen Pulsschlag zuckend blähten. Aber am verstörendsten waren die Augen.

Nein, keine Augen.

Faustgroße Löcher …

-48 Meter

Nach dieser Begegnung war die Flüssigkeit um Pressure herum ruhiger geworden. Pressure beruhigte das nicht, im Gegenteil. Seine Beobachter wahrten offenbar größeren Abstand, aber dass sie noch da waren, daran hegte er nicht den geringsten Zweifel. Sie wichen nicht von seiner Seite. Als ob sie ihn eskortierten.

Er zog seine Beine noch etwas enger an den Körper heran.

Die letzten Meter seines Abtauchens nahm Pressure mit angstgeschärfter Klarheit wahr. Er konnte fast sehen, wie ihn ganze Trauben dieser schrecklich bleichen Geschöpfe umkreisen. Augenlose Höhlen, die sich blind auf ihn richteten, die kreisrunden Münder zu einem ewigen, stummen Schrei geöffnet … *Wie Haie, die ihre Beute belauern.* Er konnte *schmecken*, wie sie sich zwangen, ihn nicht anzugreifen …

Pressures Atem ging immer schneller und saugte kostbare Luftvorräte aus seinem LifeSuit. Er hob das Display vor den Helm.

Nur noch zehn Meter.

Pressures Magen zog sich zusammen. Wo würde er ankommen? Wen würde er dort treffen? Die Eskorte um ihn herum schien von ähnlicher Unruhe erfasst zu werden; die Strömungen wurden unruhig, stießen Pressure wie einen Spielball umher, ehe sie plötzlich vollständig abrissen. Pressure drückte *Inflate (Schwimmen)* und stoppte seine Tauchfahrt.

Aber zu spät.

Plötzlich zerriss ein Blitz die Dunkelheit.

Kapitel 17

Eine Explosion. Pressure schloss geblendet die Augen, erwartete eine Druckwelle, die sein Leben brutal beenden würde. Mit Sicherheit hatte er irgendeine Sicherheitsvorkehrung ausgelöst, die unbefugte Eindringlinge abwehren sollte.

Aber da kam keine Druckwelle.

Als Pressure die Augen wieder zu öffnen wagte, erkannte er, dass das Licht nicht von einer Explosion verursacht worden war, sondern dass es einem riesigen Kreis aus Scheinwerfern entstammte.

Es beleuchtete eine gewaltige Kuppel aus Glas und Metall. Pressure war so überrascht, dass er vergaß, sich zusammenzukauern. Er hatte die zweite Hälfte der *Colombo* erwartet, aber dafür war diese Kuppel bei Weitem zu groß.

Und zu *unförmig*.

Sie bestand aus Glas, das von Stahlverstrebungen zusammengehalten wurde, und ähnelte damit der Kuppel in der Basenet-Metropole, aus der Garris und sämtliche Bürger verschwunden waren. Aber diesem Bauwerk hier fehlte es an jeder Symmetrie und Sorgfalt. Die Stahlverstrebungen waren ohne Rücksicht auf ihre Größe, Dicke oder Länge aneinandergefügt worden. Sie bildeten ein unordentliches und maßlos hässliches Metallgerippe, in dessen Zwischenräume Panzerglas eingefügt worden war. Aber auch das Glas war ohne jeden Sinn für Ästhetik ausgewählt worden. Es wand sich in verzerrten Wellen zwischen den Metallstreben, schien an manchen Stellen dicker zu sein als an anderen und bildete ein Mosaik willkürlich zusammengewürfelter Glassorten.

Die Kuppel war riesig, aber trotz dieser Flickwerksarchitektur schien sie dem Druck der Seemassen, die auf ihr lagen, mühelos standzuhalten. Pressure vermutete, dass das Gebilde einen Durchmesser von etwa einem Kilometer hatte, allerdings war das schwer einzuschätzen, weil er die Lichtbrechung in dieser Flüssigkeit nicht kannte.

Sein Display piepte. Offenbar hatte der Travel-Detektor registriert, dass Pressure sich seit einigen Minuten nicht vom Fleck gerührt hatte, und erinnerte ihn nun daran, dass der funktionierende Quantenwandler knapp 400 Meter entfernt vor ihm lag. Pressure schluckte. Soweit er das einschätzen konnte, befand sich sein Ziel mitten im Herz dieser hässlichen Flickwerkskuppel.

Pressure sah sich um. Aus irgendeinem Grund wagten sich die Seekreaturen nicht in das Licht hinein. Davon ermutigt, tat er einen beherzten Schwimmzug und trieb auf die Kuppel zu. Während er durch das Licht schwebte, betrachtete er beklommen die Scheinwerfer, die die Kuppel beleuchteten. Seine eigenen Scheinwerfer waren kaum fähig, auch nur ein paar wenige Zentimeter der schwarzen Seeflüssigkeit zu erhellen, und was sie beleuchteten, war unscharf und milchig. Im Licht dieses Scheinwerferkreises jedoch erschien die Seeflüssigkeit klar und durchsichtig wie Quellwasser; ein paar Schwebteilchen tanzten darin.

Das war aber noch nicht alles.

Licht hatte die Angewohnheit, zu streuen und in zunehmender Entfernung seine Leuchtkraft zu verlieren. Auch das war hier nicht der Fall. Die Leuchtkraft des Lichtes endete abrupt und ohne Übergang. Der Scheinwerferring schien in den Fluten des Ozeans frei zu schweben und erzeugte eine Art Glocke aus Licht, über die sich der unbeleuchtete Rest des Ozeans wie ein tiefschwarzes Gewölbe spannte.

Pressure sah nach unten. Schwarze Seeflüssigkeit wogte unter seinen Füßen. Auch die verzogenen Glaswände der Kuppel versanken dort in der abrupten Dunkelheit, und Pressure konnte nicht erkennen, ob sie außerhalb des Lichts in ein Fundament auf festem Boden mündete oder ob sie unter der Schwärze noch viele Meter in die Tiefe hinabreichte.

Am meisten beunruhigte Pressure jedoch die Tatsache, dass das Licht genau bei seiner Ankunft aufgeflammt war. Denn dafür gab es nur eine einzige vernünftige Erklärung: Seine Ankunft hier war bemerkt worden. Trotz seines wachsenden Unbehagens schwamm er weiter auf das Bauwerk zu.

Aus dem Augenwinkel erfasste er, dass der Ozean außerhalb der Lichtglocke unruhiger wurde, je näher er der Kuppel kam. Hier und da glaubte er geisterhaft bleiche Haut aufleuchten zu sehen, die sofort wieder verschwand. Irgendetwas schien die Seewesen tatsächlich daran zu hindern, ins Licht zu schwimmen.

Aber das Licht kann ebenso schnell wieder verlöschen, wie es aufgeflammt ist.

Dieser Gedanke trieb Pressure voran, und er begann mit ängstlicher Hast nach dem Eingang des Gewölbes zu suchen. Zwar wusste er nicht, was ihn da drin erwarten würde, aber sein Atemluft-Vorrat würde nicht ewig halten, und er hoffte, dass ihm wenigstens die augenlosen Ungeheuer dort nichts mehr anhaben konnten.

Im Licht schwebend, umrundete er das Gebilde und suchte nach einem Zugang.

Plötzlich erschütterte ein donnerndes Dröhnen die Kuppel. Pressures Schwimmbewegungen erstarben, und ehe er irgendwie reagieren konnte, packte ihn ein jäher Sog, wirbelte ihn herum wie ein Spielzeug und saugte ihn auf die Kuppel zu. Das Blut rauschte Pressure in den Ohren, als er auf das wellige Glasmosaik zuraste; er strampelte und kämpfte, aber er hatte keine Chance, sich gegen die gewaltige Strömung zu wehren. Der LifeSuit registrierte die Kräfte, die an ihm zerrten, und entließ die auftriebspendende Luft aus dem Anzug, damit er weniger Angriffsfläche bot, aber die Klauen des Sogs verloren trotzdem nichts von ihrer Kraft.

Pressure stürzte auf eine vergitterte Öffnung in der Kuppelwand zu, und obwohl er herumwirbelte wie ein Blatt in einem Sturm, konnte er erkennen, dass der Sog dort seinen Ursprung haben musste: Kleine Partikel verschwanden in dieser Öffnung, und Pressure wurde klar, dass auch er dort landen würde – und dass ihm das

Gitter alle Knochen brechen würde. In wilder Panik begann er noch heftiger mit Armen und Beinen zu rudern, aber es war aussichtslos.

Dann aber erstarb der Sog so plötzlich, wie er aufgetreten war. Trotzdem besaß Pressures Körper noch immer so viel Schwung, dass er schmerzhaft gegen das Glas der Kuppel prallte. Benommen sank er an der Kuppelwand herab, holperte bäuchlings über kantige Stahlverstrebungen, wobei sein Helm ständig gegen die wellige Glasoberfläche schlug.

Hinter dem Glas erkannte Pressure nichts. Das Licht der Scheinwerfer reflektierte darauf, und alles, was er erkennen konnte, war sein eigenes, silbrig verzerrtes Spiegelbild.

Er sah nach unten. Nur noch wenige Meter trennten ihn von der Stelle, an der die Kuppelwand in der unbeleuchteten Schwärze des Sees versank. Rasch versuchte er das Notprogramm des LifeSuits zu beenden und *Inflate (Schwimmen)* auf seinem Display zu drücken, damit er wieder etwas Auftrieb bekam, aber der Schreck steckte ihm noch zu tief in den Knochen und seine Hände zitterten so sehr, dass er sein Display kaum bedienen konnte. Als er sich endlich zum gewünschten Untermenü durchgekämpft hatte, tauchten seine Beine schon in den unbeleuchteten See.

Halb hatte er befürchtet, dass es darunter einfach weiter in bodenlose Tiefe gehen würde, wo die blassen Ungeheuer bereits auf ihn lauerten, aber zu seiner Erleichterung versank er nicht tiefer als bis zum Bauch in der Dunkelheit; seine Stiefel berührten festen Untergrund. Pressure lehnte sich rücklings an die Kuppel, versuchte sich zu beruhigen und seine Gedanken zu sammeln. Sein Blick fiel auf die schwarze Seeflüssigkeit, die seinen Bauchnabel umschwappte.

Es war ihm unmöglich, sich an diese Schwärze zu gewöhnen. Obwohl es ein und dieselbe Flüssigkeit war, konnte er unterhalb seiner Hüfte nichts erkennen. Wie bei einem Cocktail, der aus zwei unterschiedlich schweren Spirituosen bestand: die obere Schicht war durchsichtig und klar wie Wasser, die untere schwarz wie Tinte. Ehe er sich weiter den Kopf darüber zerbrechen konnte, setzte das Rauschen wieder ein. Es klang deutlich gedämpfter als vorher, aber trotzdem presste sich Pressure ängstlich an die Kuppelwand.

Diesmal packte ihn jedoch keine Strömung.

Als er zu der Gitteröffnung emporspähte, erkannte er, dass derselbe Strom, der ihn fast an der Kuppelwand zerquetscht hatte, nun in die entgegengesetzte Richtung ging. Schwebeteilchen, die von ihm erfasst wurden, verschwanden nicht mehr in der Gitteröffnung, sondern wurden von ihr fortgeschleudert. Dann erstarb der Sog wieder, ebenso abrupt wie beim ersten Mal.

Als Pressure sich von seinem Schreck erholt hatte, wankte er vorsichtig von der Kuppelwand weg. Der Boden fühlte sich schwammig an, allerdings nicht so wie die wippende Erde auf der Kraterinsel, sondern viel weicher und mit harten Brocken durchsetzt. Außerdem begann Pressure langsam darin zu versinken, wie in einem Sumpf. Erschrocken tippte er *Inflate*, bis genug Luft in dem Anzug war, um ihn aus der Schwärze zu heben;

der sumpfige Boden gab ihn nur widerwillig wieder frei.

Das Rauschen setzte zum dritten Mal ein.

Trotz der geringen Entfernung, die Pressure zurückgelegt hatte, war das Geräusch hier nur noch als leises Summen zu hören, das man eher spürte als hörte. Es schien, als würde sich die zähe Seeflüssigkeit über jedes Geräusch legen wie eine schützende Decke. Als Pressure zur Gitteröffnung sah, erkannte er anhand der wirbelnden Schwebteilchen, dass die Flüssigkeit wieder angesaugt wurde.

Ohne sich einen Reim auf das Phänomen machen zu können, setzte Pressure seine Kuppelumrundung fort. Je länger er in der Lichthaube umherschwamm, desto unheimlicher wurde ihm die Kuppel. Sie wirkte still und tot, als würde sich nichts und niemand unter dem gepanzerten Glas befinden. Gleichzeitig jedoch hatte er das Gefühl, als würden ihn dahinter tausend Augen belauern. Dazu kam noch die Gewissheit, dass außerhalb der Lichthaube diese Seekreaturen umherwimmelten; er konnte ihre feindseligen Blicke spüren.

Das Licht umfing ihn noch immer wie ein trügerischer Schutzkäfig. Aber Pressure ahnte, dass die Schonfrist im Begriff war, abzulaufen.

Während er weiter nach einem Eingang suchte, versuchte er eine vernünftige Erklärung für diese Kuppel zu finden. Wie war sie hier heruntergelangt? Und warum? Was hatte sie mit der *Colombo* zu tun?

Sie war anders als alles, was Pressure bisher gesehen hatte; trotzdem schien sie auf groteske Art ein Teil des

Basenets zu sein. Ihre Form war verstümmelt und ihre Ausstrahlung bedrohlich, ein durch und durch bizarres Mosaik, das versuchte, menschliche Technik nachzuäffen. Es wirkte, als hätte sich jemand durch einen Schrottplatz gewühlt, um mit dem Abfall eine Base nachzubauen. Aber wo war die Verbindung? Warum war HypCon so bestrebt, diesen Ort geheim zu halten? Wozu das basenetweite Handelsverbot? Hatte das massenhafte Verschwinden von Menschen tatsächlich hiermit zu tun?

Hier wirkte alles verlassen – aber selbst wenn nicht, wäre hier niemals genügend Platz, um all die Menschen zu verstecken, die täglich verschwanden. Wenn man es trotzdem versuchen wollte, hätte man kilometerlange Stollen in den Boden graben müssen, um sie verstecken. Bedachte man allein die Zahl der Bürger, die seit fast drei Jahrhunderten täglich von der Erde in die vermeintlichen Arbeitslager geschickt wurden, dann kam man auf eine Zahl von mehreren Millionen. Wenn nicht sogar Milliarden. Pressure bezweifelte stark, dass man hier irgendwelche Spuren von ihnen finden würde.

Während er so grübelte, fiel Pressure ein kleiner Vorbau auf, der aus der Kuppel herausragte. Es handelte sich um eine kleine, tunnelförmige Glasröhre, die sich an die Kuppelwand schmiegte.

Eine Schleuse offenbar.

Und sie wirkte unbewacht.

Pressures Atem beschleunigte sich.

Ganz unschuldig schien dieser Kuppelzugang auf

Pressure zu warten. Pressure versuchte sich abermals einzureden, dass das seine einzige Chance war, wenn er überleben wollte, und er schärfte sich ein, dass es auch der einzige Weg sein würde, um irgendwelche Antworten zu finden. Trotzdem widerstrebte ihm der Gedanke, diese Schleuse zu betreten, zutiefst. Das bereitwillige Licht und die Reibungslosigkeit, mit der er hier hinabgelangt war, steigerte sein Misstrauen nur noch mehr. Einfach in den geöffneten Rachen dieser Glasröhre zu schwimmen, erschien ihm wie der Gipfel aller Torheit.

Fast wünschte er sich jetzt einen Angriff der Seekreaturen. Das würde ihm beweisen, dass sie sich irgendwie durch ihn bedroht fühlten, dass er ihnen gefährlich werden konnte. Aber sie hielten sich weiterhin außerhalb der Lichtglocke auf. Sie warteten geduldig wie die Spinnen, dass er ihnen ins Netz ging. Dass er die Kuppel betrat.

Wie ein gläsernes Raubtier lag das seltsame Bauwerk auf der Lauer, öffnete seinen Schlund und wartete auf die Beute, die hineinschwimmen mochte. Obwohl Pressure versuchte, sich mit der Aussicht auf einen funktionierenden Quantenwandler zu besänftigen, hatte er das Gefühl, dass ihm jeder Schwimmzug schwererfiel. Als ob ihn sein eigener Überlebensinstinkt umschlang und zurückzuhalten versuchte.

Wenn es irgendeine Möglichkeit gegeben hätte, woanders einen funktionierenden Quantenwandler zu finden, wäre Pressure schneller wieder auf dem Weg zurück zur Oberfläche, als ein prall gefüllter Luftballon.

Aber es gab keine solche Möglichkeit.

WetGrave ...

Langsam schwebte Pressure auf die Schleuse zu. Er betastete sie mit wachsamen Blicken und versuchte etwas zu finden, womit er sie öffnen konnte. Aber das war nicht nötig. Das Schott der Schleuse öffnete sich selbstständig, als Pressure sich ihm näherte. Er betrachtete beklommen, wie die Luft aus der Schleuse entwich und donnernd zur Seeoberfläche emporgurgelte.

Er musste jeden seiner Instinkte niederringen und sich dazu zwingen, in den kleinen, verglasten Korridor zu schwimmen. Pressure tauchte durch das Schott hindurch, stieß sich den Kopf an der Schleusendecke und betätigte so lange *Deflate (Tauchen)* bis seine Stiefel hart auf den Metallboden der Schleuse krachten. Der Boden bestand aus einem hässlichen Gitter, das aussah, als wäre Metall geschmolzen und dann wieder erkaltet. Dort, wo die Schleuse die Kuppel berührte, befand sich ein zweites Schott.

Geschlossen.

Das erste Schott schloss sich ebenso selbstständig, wie es sich geöffnet hatte.

Pressure war gefangen.

Wellige Leuchtstoffröhren begannen aufzuleuchten, sie schlängelten sich wie betrunkene Lichtwürmer über die Schleusendecke. Alles ging in nervtötender Langsamkeit vonstatten. Nervös wählte Pressure sich durch die Untermenüs des LifeSuit-Displays, um seinen Atemluftvorrat zu checken.

127 Minuten blieben ihm noch.

Panik stieg in ihm auf.

Was, wenn er hier drin gefangen blieb? Er berührte prüfend die Glaswand der Schleuse; sie war so dick, dass sie vermutlich nicht einmal von einer Revolverkugel durchschlagen werden konnte. Die Scheinwerfer hinter der verzerrten Schleusenwand wirkten wie von einem Jahrmarktspiegel verzerrt.

Ohne Vorwarnung begann es zu dröhnen. Pressure brauchte einen Augenblick, um zu begreifen, dass das Geräusch von Pumpen herrührte, die die Seeflüssigkeit aus der Schleuse pressten. Irgendwann war die Glasröhre leergepumpt und trocken. Seeflüssigkeit troff von Pressures Anzug und bildete Pfützen, die den Boden in eine tückische Rutschbahn verwandelten. Pressure musste sich an der Schleusenwand abstützen, um nicht wegzugleiten. Der Zugang ins Innere der Kuppel blieb trotzdem geschlossen. Pressures Display verriet ihm, dass der Druck in der Schleuse sank.

Er runzelte die Stirn.

Dekompression?

Die war nur dann notwendig, wenn im Inneren der Kuppel ein anderer Druck herrschte als in den schwarzen Fluten da draußen. Aber da auch auf dieser Kuppel eine Säule von fast 300 Metern Seeflüssigkeit lastete, war es eigentlich gar nicht möglich, dass da drin ein geringerer Druck herrschte. Trotzdem ging sein LifeSuit rückwärts durch die Luftgemische, die er bei seinem Abtauchen verwendet hatte, während sich der Druck in der Schleuse nur allmählich erhöhte.

Zumindest darüber war Pressure froh. Der Stickstoff, der sich bei dem hohen Druck während des Tauchgangs in seinem Blut gelöst hatte, musste bei langsam sinkendem Druck abgeatmet werden. Wenn der Druck zu schnell nachließ, würde sein Blut aufschäumen wie Sekt aus einer zu schnell entkorkten Flasche, Bläschen würden seine Lungen und Herzgefäße verstopfen, und er würde unter Qualen an einer Embolie zugrunde gehen. Schließlich zeigte Pressures Display, dass der Druckausgleich abgeschlossen war. In der Schleuse herrschte nun der gleiche Druck wie in einer gewöhnlichen Base. Trotzdem veranlasste Pressure seinen LifeSuit dazu, eine Analyse der Umgebungsluft vorzunehmen, ehe er seinen Helm abnahm.

Und das war sein Glück.

Inakzeptable Umgebung warnte das LifeSuit-Display.

Offenbar war die Luft hier stickstoffübersättigt und enthielt Gase, die das Spektrometer nicht entschlüsseln konnte. Atmen konnte man sie jedenfalls nicht.

Waren die Atmosphärengeneratoren defekt?

Oder waren sie auf eine andere Anatomie eingestellt worden? Pressure dachte unweigerlich an die unheimlichen Seekreaturen.

Dann öffnete sich der Zugang ins Kuppelinnere und schnitt jeden weiteren Gedanken ab.

WetGrave lag vor ihm.

Kapitel 18

Pressure stand vor der Schleusenöffnung, und sein Gesicht prickelte vor Anspannung. WetGrave hatte ihm die Tür geöffnet, aber außer einer Metallwand direkt hinter der Schleuse konnte er nichts erkennen. Er lauschte. Kein Geräusch drang herein.

Pressure sah auf sein Display. Noch 78 Minuten Atemluft. Leise fluchend schob er seinen Kopf durch die Schleuse und spähte ins Kuppelinnere. Viel gab es nicht zu sehen. Da war nur ein röhrenförmiger Gang, so etwas wie ein Tunnel, der offenbar rings um die Glaskuppel führte. Er zwängte sich zwischen die Metallwand und das Glas der Außenkuppel.

Pressure lauschte abermals angestrengt. Aber in seinen Helm drang nur das gedämpfte Ächzen der Stahlträger und das regelmäßige Donnern, wenn die Kuppel Seeflüssigkeit ansaugte.

Er betrat den Tunnel.

Sein Herz hämmerte wild; trotz der Klimaautomatik des LifeSuit rann ihm eine Schweißperle über die Stirn und blieb kitzelnd an seiner Nasenspitze hängen. Pressure schüttelte sich, und sie spritzte gegen die Innenseite des Visiers, wo sie träge herabrann. Aus Reflex fasste er nach seinem Revolver, der jedoch lag unter der Haut seines LifeSuit und war unerreichbar. Er fluchte leise. Natürlich konnte er den Suit öffnen und so lange den Atem anhalten, bis er die Waffe herausgefischt hatte, aber die Atemluft, die dann entwich, war ihm zu kostbar. Immerhin wusste er nicht, wie lange er brauchen würde, um diesen Quantenwandler zu finden und zum Laufen zu bringen.

Beklommen betrachtete Pressure die Metallwand. Irgendwo dahinter musste der Quantenwandler sein. Er würde einen Weg suchen müssen, um dorthin zu gelangen. Und ihm graute vor dem, was er dort noch finden mochte.

Der Tunnel, in dem Pressure stand, war etwa 20 Meter hoch und 5 Meter breit. Er bot selbst seiner massigen Gestalt genügend Platz, aber trotzdem fühlte es sich unangenehm eng an, so als ob Glas und Metall jeden Augenblick zusammenrücken und Pressure zermalmen könnten. Pressure stemmte sich gegen seine Angst und hielt Ausschau nach einer Tür oder nach irgendetwas anderem, irgendeinem Weg aus dem Tunnel.

Vergeblich.

Die Tunnelwand wirkte ebenso zusammengestückelt wie der Rest dieses Bauwerks, aber so etwas wie Lücken oder gar Türen waren nirgends zu entdecken. Hier drinnen herrschte ein seltsames Zwielicht. Das Licht des Scheinwerferkreises von außerhalb sickerte durch die Kuppel, brach sich in dem verzerrten Glas und malte geisterhafte Muster auf die Tunnelwand.

Pressure wandte sich nach links und begann dem Gang in dieser Richtung zu folgen. Seine Stiefel donnerten laut über den Metallboden, und er biss vor Anspannung so fest die Zähne zusammen, dass die Muskeln seines knochenlosen Kiefers vor Schmerz aufschrien. Die Krümmung des Tunnels erlaubte es ihm nicht, weiter als ein paar Meter vor und hinter sich zu blicken, und sein Helm dämpfte alle Geräusche ab, die von außen kommen mochten. Er hörte nur das Klicken und Zischen seiner Luftversorgung und das Poltern seiner Schritte. Immer wieder drang das Dröhnen in seinen Helm, wenn Seeflüssigkeit angesaugt wurde.

Offenbar kam Pressure den verantwortlichen Pumpen immer näher. Das Dröhnen wurde lauter. Außerdem schien ihm ein leises Winseln vorauszugehen, das Geräusch der Motoren wahrscheinlich; die Pumpen wurden offenbar von Turbinen angetrieben.

Irgendwann war das Dröhnen der Pumpen zu einem derart heftigen Donnern angeschwollen, dass der Boden vibrierte.

Jedes Mal, wenn das geisterhafte Winseln der Turbinen erklang, blieb Pressure stehen, drückte sich mit dem Rücken gegen die Metallwand und wartete das Donnern der Pumpen ab. Er behielt beide Seiten des Ganges im Auge, damit sich niemand im Schutze des Lärms an ihn heranschleichen konnte.

Irgendwann hatte er beinahe die ganze Kuppel umrundet. Allmählich begann er zu glauben, dass der einzige Ausweg aus diesem Tunnel in der Schleuse bestand, durch die er hereingekommen war. Dann jedoch entdeckte er etwas, das aus der Wand herausragte. Er blieb stehen.

Es war ein farbiges Drahtbündel mit dicken, zylindrischen Knubbeln am Ende. Pressure beäugte die Konstruktion genau, wagte es aber nicht, sie zu berühren. Irgendwo hatte er so etwas schon mal gesehen.

Er brauchte eine Weile, bis ihm einfiel, wo das gewesen war: In den Multimedia-Lexika seines Vaters.

Das sind biogalvanische Sensoren!

Von seiner Vermutung angespornt, griff er vorsichtig nach dem Bündel. Noch bevor er es berührte, verlosch plötzlich das Licht außerhalb der Kuppel. Dunkelheit begrub Pressure unter sich. Dann begann Licht im Tunnel aufzuflackern; Leuchtstoffröhren, die wahllos an die Metallwand geklebt wirkten.

Aber diesmal war Pressure nicht beunruhigt, im Gegenteil. Dafür waren diese Sensoren verantwortlich. Und die Sensoren erklärten auch alles andere: Warum er von aufflammenden Lichtern empfangen wurde und warum Türen wie von Geisterhand aufsprangen.

Vielleicht war das hier doch keine Falle, kein perfides Spiel, um ihn mit ausgeworfenen Brotkrumen anzulocken. Vielleicht lag all das in einem dichten Netz von Sensoren begründet. Automatisierte Prozesse.

Pressure erinnerte sich an das, was er über biogalvanische Sensoren wusste, und entspannte sich noch etwas mehr. Sie waren darauf spezialisiert, den Biostrom zu erfassen, den die Nerventätigkeit von Lebewesen erzeugt. Ein höchst faszinierendes Stück Prä-HypCon-Technologie.

Pressure betrachtete es voller Ehrfurcht. Wie filigran diese Bündel gewickelt waren! Sie bestanden aus Draht und irgendeinem anderen, geschmeidigen Material, das Pressure nicht einordnen konnte. Es musste sich um eine der letzten Versionen vor dem Forschungsverbot handeln; möglicherweise war es sogar schon so weit entwickelt, dass es menschliche Bioströme von denen anderer Lebewesen unterscheiden konnte. Allerdings … Was hatte so etwas hier unten verloren?

Ein weiteres Puzzlestück.

Pressure begann sich zu fragen, wie wahrscheinlich es war, dass derartig unbezahlbare Technik an einem unbewohnten Ort verwendet wurde. Ganz ausgeschlossen war es nicht. Vielleicht hatte irgendeine Katastrophe alles Leben unter dieser Kuppel ausgelöscht, vielleicht waren diese Sensoren nur Teil eines vollautomatisierten Systems, vielleicht wandelte er gerade durch eine verlassene Geisterbase, die irgendjemand aus irgendeinem Grund hier angelegt hatte.

Aber sein Bauchgefühl glaubte nicht daran.

Er fühlte sich beobachtet. Spürte Blicke, die ihn aus dem Verborgenen belauerten. Fragte sich, wie lange es noch dauern würde, bis man ihn aus dem Hinterhalt überfiel. Er wollte sich über den kribbelnden Nacken streichen, aber seine Hand prallte gegen den Helm des LifeSuits.

Das Rauschen der Pumpen erschütterte wieder den Boden. Pressure sah hinaus in den See und bedauerte, dass die Scheinwerfer verloschen waren. Die Schwärze des Sees war an die Kuppel herangesprungen und schien ihn von der Glaswand aus zu belauern. Ein weiterer sinnloser Griff nach den Waffen unter seinem Suit.

Da fuhr ein schrilles Fiepen in seine Gedanken.

Es war hinter der Tunnelwand erklungen, hallte dort umher und übertönte das Summen der Leuchtstoffröhren. Pressure blieb wie angeklebt stehen und glotzte auf die Wand. Was auch immer dieses Geräusch verursacht hatte, menschlich war es auf keinen Fall. Ein verzweifelter Blick auf sein Display, aber natürlich hatte sich der Standort des Quantenwandlers nicht verändert. Hinter der Tunnelwand. Genau dort, wo das Fiepen erklungen war. Beklommen ging Pressure weiter, begleitet vom Echo des Fiepens, das nur allmählich verklingen wollte.

Irgendwann versperrte ihm ein Rohr den Weg. Wie eine fette Stahlsäule wuchs es in der gesamten Breite des Ganges aus dem Boden empor, streckte sich zwischen den Tunnelwänden hinauf, wo sein weiterer Verlauf von der Decke verschluckt wurde. Als die Pumpen wieder einsetzten, zitterte das Rohr und versetzte den Boden in so heftige Vibrationen, dass Pressure sich an der Tunnelwand abstützen musste. Offenbar wurde die Seeflüssigkeit durch dieses Rohr angesaugt.

Als Pressure sich wieder von der Wand lösen wollte, berührten seine Finger eine Vertiefung in dem Metall. Er trat einen Schritt zurück und entdeckte die feinen Umrisse einer Tür. Da war auch eine Sensorplatte, mit der man sie öffnen konnte – sie versteckte sich in einem Zwischenraum zwischen Rohr und Metallwand.

Pressure wich ein paar Schritte zurück, damit er die Sensorplatte nicht aus Versehen aktivierte.

Hinter der Tür würde dieses fiepende Ding auf ihn warten.

Er konnte beinahe spüren, wie es ihn durch das Metall hindurch anstarrte.

Und tatsächlich fiepte es genau in diesem Moment; lauter als beim ersten Mal.

Wütender.

Und näher.

Pressure prüfte mit zitternden Fingern seinen Luftvorrat. Als das Display das Ergebnis ausspuckte, packte ihn die Angst. Nur noch 62 Minuten Atemluft.

Er konnte nicht umkehren.

Er konnte nur warten und hoffen, dass das Ding hinter der Wand weiterziehen würde. Mit wachsender Verzweiflung beobachtete er, wie die Atemluft-Anzeige immer tiefer in den roten Bereich sank.

Als sein Vorrat auf 44 Minuten geschrumpft war, wagte er es nicht, noch länger zu warten. Es war kein Fiepen mehr zu hören. Pressure beschloss es zu riskieren.

Er betätigte das Sensorfeld.

Metall glitt lautlos zur Seite.

Eine Öffnung gähnte in der Tunnelwand.

Pressure hielt den Atem an, das Zischen der Atemluftzufuhr in seinen Helm verstummte.

Kein Geräusch.

Er wartete.

Noch griff ihn nichts an.

Mit heftig klackenden Luftventilen tastete er sich an die Öffnung heran. Dahinter lag ein niedriger Durchgang, etwa fünf Meter lang. Er endete in blinder Schwärze. Halb hoffte Pressure, dass es auch diesmal ein

Sensorenbündel geben würde, das eine Reihe von Lichtern einschaltete, aber seine Hoffnung wurde enttäuscht.

Mit einem Gefühl, als würde er einen Käfig voller schlafender Löwen betreten, kletterte Pressure in die finstere Röhre. Er musste den Kopf einziehen. Seine Schritte hallten unangenehm laut und verursachten ein Echo hinter dem Metall, von dem er umgeben war.

Die Wand schien also hohl zu sein.

Als er das andere Ende des Durchgangs erreicht hatte, schaltete er seine Helmscheinwerfer ein und durchschnitt damit die Schwärze.Ihr Licht offenbarte ein großes Metallgewölbe. Etwa in der Mitte befand sich eine Säule, die von fiebrig flackernden Monitoren übersät war. Man hätte es für eine basenetübliche Terminalsäule halten können – wenn sie nur nicht so *entstellt* gewesen wäre …

Aber das war Pressure jetzt egal; entstellt oder nicht, sein LifeSuit-Display behauptete noch immer, dass die Terminals in dieser Säule in der Lage waren, einen funktionierenden Quantenwandler zu aktivieren und ein Sprungtor aufzubauen. Pressure versuchte den Metallring des Quantenwandlers in dem dunklen Gewölbe auszumachen.

Da huschte etwas durch sein Scheinwerferlicht.

Zu schnell, um es zu erkennen, zu langsam, um es als Einbildung abzutun. Erschrocken griff Pressure nach dem unerreichbaren Revolver unter seinem Suit – ein törichter, nutzloser Reflex.

Er musste zu den Monitoren. Schnell.

Vorsichtig streckte er seinen Kopf aus der Öffnung des Durchgangs und sah nach unten. Der Boden unter ihm schien nicht aus Metall zu bestehen, sondern aus einem seltsamen Material, das feucht glänzte, wenn es vom Licht der Helmscheinwerfer berührt wurde. Er befand sich etwa anderthalb Meter unter Pressure und führte in einem leichten Gefälle zu der Säule in der Mitte des Gewölbes. Pressure würde springen müssen, wenn er dort hinabwollte. Plötzlich heulten die Turbinen auf und das Donnern der Pumpen erschütterte das Gewölbe. Wozu nur in diesen regelmäßigen Abständen die Seeflüssigkeit angesaugt wurde! Das Rauschen verstummte wie immer und machte einer kurzen Stille Platz. Ein leises Plätschern erklang.

Und dann begann es von der Decke zu regnen!

Dicke Tropfen prasselten auf Pressures Helm, und er zog sich ein Stück in den Durchgang zurück. Er beobachtete, wie die Flüssigkeit Pfützen auf dem Boden bildete, und versuchte sich einen Reim auf das Phänomen zu machen. Vielleicht handelte es sich um eine Bewässerungsanlange und auf diesem glitschigen Boden wurde irgendetwas angebaut. Von Pflanzen fehlte allerdings jede Spur. Wieder irgendeine uralte Automatik, die einen nutzlosen Dienst in einer Geisterbase verrichtete?

Für solche Überlegungen fehlte Pressure jedoch die Zeit. Er schaute auf sein Display. Nur noch 35 Minuten Atemluft. Er musste handeln.

Pressure tastete sich mit dem Licht seiner Helmscheinwerfer durch die Kuppel, so gut es ging. Die Silhouette, die er gesehen hatte, zeigte sich nicht mehr, aber vermutlich würde das Ding keine Schwierigkeiten haben, sich in diesem düsteren Gewölbe zu verbergen. Das Gefühl, beobachtet zu werden, war so stark wie nie zuvor. Pressure versuchte es zu ignorieren, versuchte sich auf die Terminalsäule zu konzentrieren und auf das Sprungtor, das er damit aktivieren konnte.

Er schob seinen Kopf abermals aus dem Durchgang, um abzuschätzen, wie tief der Boden unter ihm lag. Dicke Regentropfen prasselten auf seinen Helm und übertönten das Geräusch der Luftventile. Der Boden war von Pfützen übersät und sah matschig aus.

Aber wenigstens wird er weich sein …

Trotz seines plötzlichen Gefühls von Ekel sprang Pressure hinab. Es gab ein widerlich platschendes Geräusch, und er versank bis zu den Waden in dem Boden. Vorsichtig bahnte er sich einen Weg zu der Terminalsäule. Das wabblige Zeug war zäh, und jeder Schritt kostete ihn große Anstrengung und wertvolle Atemluft. Es fühlte sich an, als würde der matschige Boden seine Stiefel umkrallen; er gab sie nur unter widerwilligem Schmatzen wieder frei. Von dem Geräusch wurde Pressure allmählich übel.

Immer wieder ließ er seinen Scheinwerfer umhertanzen und bestrich das Innere des Gewölbes mit Licht, aber das fiepende Ding blieb verborgen.

Der Regen erstarb allmählich, und auch die Pfützen begannen zu versickern. Kaum war die letzte Flüssigkeit verschwunden, heulten abermals Turbinen auf; gedämpft diesmal und weit unter seinen Stiefeln. Scheinbar wurde die Seeflüssigkeit unter dem Boden aufgefangen und von WetGrave zurück in den See gepumpt. Noch immer fühlte sich Pressure an eine Bewässungsanlage erinnert, aber angesichts der kurzen, regelmäßigen Abstände, mit denen die Pumpen arbeiteten, begann eine weitaus verstörendere Idee in Pressure aufzusteigen.

Als ob WetGrave atmen würde …

Dann hatte er endlich die Terminals erreicht und war heilfroh über den Metallsteg, der die Säule umrundete. Noch ein paar Augenblicke länger in dem glitschigen Zeug, und er hätte zu schreien begonnen. Er sah an der breiten Säule empor. Sie war unsymmetrisch und knotig, wand sich wie unter Qualen in die metallene Kuppeldecke.

Es sah so *abartig* aus, eine weitere Monstrosität, die dem Basenet nachgeäfft wirkte. Als sich Pressure einem der Monitore nähern wollte, trat sein Stiefel ins Nichts. Er konnte sich gerade noch am Geländer festhalten und zog sich wieder auf die Beine. Da waren Löcher in den Metallsteg gearbeitet! In regelmäßigen Abständen, und in genau der richtigen Größe, dass ein Mensch hineinfallen und sich das Genick brechen konnte. Als Pressures Scheinwerfer in die Löcher stießen, entdeckte er, dass sie in sanft gekrümmte Rohre mündeten; es war nicht zu erkennen, wohin sie führten.

Sein Display piepte. Nur noch 25 Minuten Atemluft. Keine Zeit mehr zu verlieren. Mit einem großen Schritt überquerte er das Loch im Steg und widmete sich endlich den Terminals. Die Tastaturen waren schief und krumm in die Metallwand eingelassen, und auch die Monitore sahen aus, als würden sie jeden Augenblick aus ihrer Verankerung fallen. Alles sah zerkratzt und verbraucht aus, eine Schmierschicht deutete darauf hin, dass diese Terminals schon seit Jahren nicht mehr bedient worden waren. Trotzdem ratterten Diagramme über die Bildschirme, als würden ständig Berechnungen für komplizierte Basenetsprünge laufen.

Aber wozu? Niemand schien diese Terminals zu verwenden. Und anders als bei einer Bewässerungsanlage war es mehr als unwahrscheinlich, dass T-Terminals an einem verlassenen Ort, derartig fiebrig arbeiten würden.

Die Turbine über ihm heulte erneut auf, die Gewölbewände dröhnten, und kurz darauf regnete es wieder dicke, schwarze Tropfen. Der Boden verschlang sie gierig.

Der seltsame Regen erinnerte Pressure daran, dass er keine Zeit zu verlieren hatte. *Das Terminal aktivieren. Ein Tor aufbauen. Von hier verschwinden.*

Da tauchte die Kreatur in seinen Lichtkegel und versperrte ihm den Weg. In diesem Augenblick wurde Pressure klar, dass er besser etwas Atemluft geopfert hätte, um an seine Waffe zu gelangen. Für diese Einsicht war es jetzt zu spät.

Es schien eine der Seekreaturen zu sein.

Bleich und haarlos, dünn und ausgemergelt. Sie schwebte in der Luft, als würde sie schwimmen; ein langer, spitz zulaufender Schweif pendelte in trägen Mustern umher und schien das Geschöpf im Gleichgewicht zu halten. Sein Schädel war schmal, hatte keine Nase; sein Mund war ein rundes, zahnloses Loch und die

Wangen blähten sich zuckend in pulsierender Regelmäßigkeit.

Und die Kreatur fixierte Pressure.

Er spürte, wie seine Zunge zu prickeln begann. Dort, wo ein Mensch Augen hatte, lagen bei dem Wesen zwei große Löcher; fadendünne Tentakel wimmelten darin und wogten gleichmäßig wie Anemonen in einem sanften Seegang. Wohin sich Pressure auch wandte, die Tentakel verfolgten jede seiner Bewegungen. Das Prickeln in Pressures Rachen nahm zu; es wurde so stark, dass er glaubte, sinnlose Silben zu *schmecken*.

Noch 21 Minuten.

Die Kreatur versperrte ihm den Zugang zum Terminal. In einem Aufbäumen seines Überlebensinstinkts schnellte Pressure vor und legte sein ganzes Gewicht in einen vernichtenden Faustschlag.

Das Geschöpf jedoch konnte ihm ausweichen. So schnell wie ein Schatten huschte es davon und fiepte aggressiv. Pressure hatte sich trotzdem Zeit verschafft. Er nutzte die Ausweichbewegung der Kreatur, stürzte sich auf das Terminal, hämmerte auf die Tastatur und aktivierte es.

Dann fuhr er herum, bereit, einen Angriff der Kreatur abzuwehren, und tatsächlich war das Wesen schon wieder hinter ihm. Schwebte in der Luft. Lauerte. Machte aber keine Anstalten, ihn anzugreifen.

Voller Misstrauen schielte Pressure auf den Monitor, ohne das Geschöpf aus den Augen zu lassen. Es konnte kein gutes Zeichen sein, dass es ihn gewähren ließ. Vielleicht funktionierte das Terminal doch nicht, oder es schickte ihn wieder nur auf die verdammte Kraterinsel oder …

Ehe Pressure seinen Gedanken zuende denken konnte, erschien auf dem Monitor eine Reihe von Bases, die er als Sprungziel auswählen konnte.

Ein Ausweg …

Pressures Beine wurden weich, so erleichtert war er; trotzdem versuchte er, sich nichts davon anmerken zu lassen. Er vertraute der Zurückhaltung der Kreatur nicht und wollte sie auf keinen Fall zu einem Angriff reizen. Mit kaum sichtbaren Fingerbewegungen scrollte er durch die Menüs, betrachtete die grafischen Darstellungen der Bases, deren TransDim-Frequenzen er wählen konnte. Hauptsächlich Wohnbases mit Populationen, die von fünfhundert bis zu hunderttausend Mittelständischen reichten. Er brauchte aber etwas Kleineres, eine Base, mit deren Securities er fertig werden konnte. Immerhin konnte es gut sein, dass man ihn dort erwartete.

Schließlich entdeckte er zwischen all den Wohnbases eine kleine Travelbase, von fünf Personen besetzt und von einem einzigen Security bewacht. Er brauchte nur noch *Enter* zu betätigen, dann würde sich irgendwo ein Sprungtor aufbauen und ihn dorthin bringen, zurück ins Basenet.

Allerdings hatte er noch immer keinen Quantenwandler entdeckt. Ohne den Kopf zu bewegen, suchte er mit den Augen nach dem Metallring, der dieses Tor überhaupt erst aufbauen könnte.

Aber er fand nichts. Spürte nur die prickelnden Blicke der Kreatur in seinem Nacken. Sein LifeSuit-Display jedoch wies ihn blinkend darauf hin, dass hier haufenweise Quantenwandler sein mussten! Vielleicht war das Display doch defekt? Er musste es darauf ankommen lassen. Pressure atmete tief durch und ließ seinen Finger auf *Enter* zuschnellen.

Das Geschöpf jedoch versuchte das zu verhindern.

Als ob es seine Gedanken gelesen hätte, hatte es sich in hinterhältiger Schnelligkeit an ihn herangeschlichen, fiepte nun hysterisch und umschlang Pressure mit seinen widerlich dürren Armen. Doch obwohl es ihn vom Terminal fortreißen konnte, war es nicht schnell genug; Pressure hämmerte auf die Entertaste und schickte den Befehl unwiderruflich ab. Mit der Kraft der Verzweiflung schlug er um sich.

Allerdings war das gar nicht nötig.

Die Kreatur ließ fast augenblicklich wieder von ihm ab. Erstaunt beobachtete Pressure, wie sie zurückwich und ihn lauernd umschwebte; die fadenartigen Augententakel zappelten wie in einem Fieber.

Doch Pressure hatte jetzt andere Sorgen.

Die Monitore zeigten an, dass sich der Quantenwandler für den Sprung vorbereitete, aber noch immer war hier nirgends die Spur einer dieser verdammten Metallringe zu sehen. Und er hatte nur noch 16 Minuten Luft zum Atmen!

Ohne das Geschöpf aus den Augen zu lassen, umrundete er die Säule und suchte etwas, das nach einem Quantenwandler aussah — das charakteristische Summen oder ein mattschwarzes Schimmern —, aber das Einzige, was er hören konnte, war das regelmäßige

Winseln der Turbinen und das Regnen der Seeflüssigkeit.

Das Wesen blieb auf Abstand.

Dann trat Pressure abermals in eines der Löcher im Steg und krachte schmerzhaft auf die Knie. Gerade wollte er sich wieder aufrappeln, als er aus dem Loch ein Geräusch hörte. Ein Verdacht keimte in ihm auf. Er zog sein Bein heraus und brachte seinen Helm an das Loch. Ein Summen. Tatsächlich. Und es kam von dort unten …

Abermals versuchte er zu erkennen, wohin das Loch führte; abermals ohne Erfolg. Und doch schien das seine einzige Chance zu sein. *Das ist doch glatter Selbstmord!*, fluchte er innerlich.

Er spähte zu der Kreatur.

Wieder schien sie Pressures Gedanken zu lesen. Der Schwanz des Geschöpfs bewegte sich nicht mehr, und Pressure konnte die Anspannung buchstäblich schmecken, die sich hinter dem bleichen Schädel aufbaute. Das Prickeln in Pressures Rachen war zu einem Brennen geworden, scharf wie von zu viel Zimt auf der Zunge.

Er musste sich entscheiden.

Hier. Jetzt. Die Zeit verrann, seine Luft wurde immer knapper. *Ein kleiner Sprung, und ich bin durch dieses Loch verschwunden.* Und doch war er wie gelähmt.

Da schnellte das Wesen vor.

Pressures Gedanken erstarrten zu schwarzem Eis.

Er spürte, wie sein Überlebensinstinkt die Kontrolle übernahm, seine Beine an den Rand des Loches heranführte und ihn voranstieß. Das Wesen versuchte ihn zu packen, doch es kam zu spät; Pressure konnte noch den Windzug spüren.

Dann verschlang ihn die Dunkelheit.

Kapitel 19

Das Loch mündete ihn in eine Röhre aus Metall, und Pressure raste sie wie eine Rutschbahn hinab. Noch ehe er sich fragen konnte, wo diese Rutschpartie enden mochte, klatschten seine Stiefel schon auf einen Boden, der so weich war wie Götterspeise.

Pressure quälte sich aus der Metallröhre und fand sich in einem Raum wieder, so winzig, dass er nicht einmal aufstehen konnte. Obwohl hier das Summen eines Quantenwandlers zu hören war, konnte Pressure nirgends ein Sprungtor entdecken oder die ersehnte mattschwarz schimmernde Scheibe sehen, die ihn von hier fortbringen sollte.

Er kniete in dem Glibber, stützte sich mit den Händen am Boden ab und versank bis zu den Ellbogen. Das Zeug war widerlich warm und elastisch. Der ganze Raum schien daraus zu bestehen. Und der Glibber schien sich zu bewegen. Pressure spürte, wie sich das ekelhafte Zeug an ihn schmiegte, seine Schultern umfloss und seinen Rücken berührte.

Die Wärme, die das Material ausstrahlte, durchdrang Pressures LifeSuit. In einem Anflug von Panik warf er den Kopf herum und stieß gegen die Metallröhre, durch die er hier hinabgerutscht war. Ein dumpfes

Echo erfüllte sie. Es erinnerte Pressure daran, dass dort oben diese Kreatur auf ihn lauerte, und er fragte sich, ob ihm das Geschöpf hier herunter folgen würde. Angespannt behielt er die Röhrenöffnung im Auge.

Sie blieb schwarz und leer.

Pressure versank immer tiefer in dem glibbrigen Zeug, und je intensiver er dessen Wärme spürte, desto quälender wurde seine Gewissheit, dass er etwas Lebendiges berührte. Schwarze Seeflüssigkeit lief in dünnen Rinnsalen an dem Glibber herab und besudelte Pressures Anzug.

Er sah verzweifelt auf sein LifeSuit-Display; es behauptete noch immer, dass sich genau hier ein Sprungtor aufbaute. Das verdammte Ding musste einfach kaputt sein! Die Technik zerfressen von dem Staub und der Luft und der Zeit in dem Krater, und …

Plötzlich verlosch das Display.

Als es wieder aufflackerte, erschien eine neue Botschaft.

Pressure wurde kalt.

PROCESSING --- PROCESSING --- PROCESSING

Im selben Augenblick begann der Boden zu rumoren und in die Tiefe zu sinken wie ein Fahrstuhl. Pressure richtete sich aus seiner knienden Position auf und fühlte sich, als würde er von den Eingeweiden WetGraves verschlungen. Die Röhrenöffnung blieb über ihm zurück und verschwand in unerreichbarer Höhe. Zwar konnte er sich jetzt aufrichten, aber trotzdem war es noch so eng, dass seine Schultern immer wieder gegen warmen Glibber stießen. Etwas Hartes tauchte aus der Wand, Pressure entdeckte einen Monitor, der in einer Metallblende steckte. Die Terminalsäule musste bis hier herunterreichen. Pressure glitt an T-Terminals vorbei in die Tiefe. Immer wieder musste er die Luft anhalten oder seinen Helm verdrehen, um zu verhindern, dass er zwischen der glitschigen Wand und einer Herauswölbung der Terminalsäule stecken blieb. Jeder Monitor, den er passierte, zeigte das gleiche *PROCESSING* wie sein LifeSuit-Display, und das Summen wurde immer lauter.

Nach einer schier endlosen Talfahrt blieb der Boden stehen. Pressure sah nach oben. Die Decke war so weit über ihm, dass es das Licht seiner Helmscheinwerfer nicht mehr dort hoch schaffte. Er musste über 100 Meter in die Tiefe gesunken sein.

Die Kuppel im See ist nur die Spitze des Eisbergs!

Sein Display und alle Monitore an der Säule riefen nur das eine Wort: *PROCESSING*.

Plötzlich begannen die Wände sich zu blähen, als würden sie aufgeblasen. Der anfangs so erdrückend kleine Raum dehnte sich wie ein Luftballon, bis er zu einer riesigen Hohlkugel geworden war, genauso weit wie hoch.

Als Pressures Schreck sich gelegt hatte, sah er auf sein Display. Noch sieben Minuten. Und noch immer kein Quantenwandler zu sehen.

Das *PROCESSING* verschwand von den Monitoren, scheinbar sinnlose Ziffernsalven huschten über sie hinweg, ehe sie plötzlich schwarz wurden. In der riesigen

Hohlkugel wurde es finster, nur Pressures Schweinwerfer stießen zwei helle Lanzen in die Dunkelheit.

Die Monitore flackerten. Dann schoss ein Lichtfächer aus der Säule und projizierte das Hologramm einer Base in das Gewölbe. Über dem Hologramm begannen Zahlen zu flimmern. Sie erschienen auch auf jedem einzelnen Monitor an der Säule. Pressures Magen verkrampfte sich. Er kannte diese Zahlen. Es war der Frequenzcode der Base, die er oben auf dem T-Terminal ausgewählt hatte.

Die Frequenz verblasste. An ihrer Stelle erschienen Daten auf den Bildschirmen.

Durchmesser [Travelbase 6 734 76] 128,3 Meter – Population: 5 Personen [Mittelstand] – Security: 1 Person … initialisiere Kongruenztest …

Das Hologramm verschwand, und aus dem Lichtfächer wurde ein roter Laserstrahl, der so schnell über die Wände zuckte, das Pressure ihm nicht folgen konnte. Das Licht verlosch.

Eine weitere Datenzeile huschte über die Monitore.

Durchmesser [Colombo] 127,0 Meter… Inkongruenz akzeptabel … initialisiere Hyperfrequenz …

PROCESSING --- PROCESSING ersetzte die Datenzeilen auf den Monitoren, und ein Gewitter blauer Entladungen begann über die fleischigen Wände zu knistern. Pressure versuchte sich vor den Stromstößen in Sicherheit zu bringen, stolperte jedoch und versank mit seinen Händen in dem glibbrigen Boden. Blaue Entladungen zuckten über seinen LifeSuit. Voller Ekel konnte er spüren, wie der Boden arbeitete, wie er noch wärmer wurde und zu pulsieren begann. *Als wäre er durchblutet!*, schoss es ihm durch den Kopf. Er hatte das Gefühl, als tauchte er die Arme in die Eingeweide eines frisch geschlachteten Tieres. Angeekelt kämpfte er sich wieder auf die Beine.

Dann berührte ihn etwas Hartes an den Waden.

Es schien in der warmen Masse zu schwimmen und schob sich unter dem fleischigen Glibber hindurch; dann tauchte es mit einem schmatzenden Geräusch an dessen Oberfläche auf. Pressure traute seinen Augen nicht.

Ein Stück mattblaues Metall.

Ein Stück von einem Quantenwandler.

Er hob den Kopf; überall um ihn herum tauchten weitere dieser Stücke aus den Fleischwänden auf, verschoben sich, näherten sich einander, bildeten ein gewaltiges Puzzle aus Metallteilen, das allmählich sämtlichen Glibber zu bedecken begann, bis das Gewölbe zu einer mattblau schimmernden Metallkugel geworden war.

Ein einziger gigantischer Quantenwandler!

Halb erwartete Pressure, dass jetzt die Seekreatur über ihn herfiel, aber von dem Geschöpf fehlte noch immer jede Spur. Warum war es ihm nicht hier herunter gefolgt? Er erinnerte sich an das Brennen wütender Silben auf seiner Zunge.

Was hatte es nur vorgehabt?

Pressures Display schrillte und warnte ihn, dass die letzten zwei Minuten seines Atemluftvorrats angebrochen waren. Gleichzeitig behauptete es, dass sich hier unten ein Sprungtor aufzubauen begann, genau dort, wo er gerade stand. „Tor“ war mit Sicherheit die falsche Bezeichnung dafür.

Die gesamte Hohlkugel begann zu vibrieren und die Luft darin schwarz zu flimmern. Pressure wurde schwindlig. Aber damit nicht genug: Sein rechtes Auge begann schwächer zu sehen. *Wie in der Wohnbase!*, erinnerte er sich. *Als Townsent mich mit dem Tazer überrumpelt hat!*

Er befürchtete gerade, dass er erblinden würde, als sein linkes, „normales“ Auge wieder an Sehkraft gewann. Der Schwindel wurde übermächtig. Pressure kippte rücklings, prallte gegen die Säule und rutschte an ihr herab.

Mittlerweile konnte er mit beiden Augen sehen — aber jedes Auge zeigte ihm ein anderes Bild.

Sein rechtes Auge starrte auf die verblassende Hohlkugel WetGraves, auf die verkrüppelte Säule und die Monitore darauf. Sein normales Auge jedoch erblickte das Innere einer kleinen Travelbase: sauber und hell, die Terminalsäule in ihrer Mitte glatt und normal.

Die Bilder beider Augen überlagerten sich in seinem Gehirn und verstärkten sein Schwindelgefühl nur noch. Er fühlte sich wie in zwei Welten gefangen, und für einen kurzen, verrückten Moment fragte er sich, ob er sich gleichzeitig in der Travelbase und in WetGrave befand.

Pressure sah an sich herab, mit *beiden* Augen. Er selbst wurde nicht überlagert, schien in beiden Welten zu stehen … und wieder *menschlich* auszusehen. Was für eine verstörende Vision … Alles um Pressure herum verschwamm, doch er selbst stand da, wie er sich nie wieder zu fühlen gehofft hatte: Hände in normaler Größe, seine Beine dick und kräftig. Er biss die Zähne zusammen, sie knirschten, gaben nicht nach wie sonst, weil sie in kieferlosem Muskelgewebe steckten …

Doch gerade als ihn die Euphorie packte, begannen seine Hände wieder zu wachsen, seine Beine wieder dünner zu werden, das überlagerte Bild löste sich auf und WetGrave verschwand völlig. Entstellt wie zuvor stand Pressure in der kleinen Travelbase. Auf den Monitoren ihrer T-Terminals stand nur ein Wort.

Schwarzer Alarm.

Pressure rappelte sich vom Boden hoch und sah sich um, nun wieder mit seinem linken, dem „normalen" Auge. Er ließ seinen Stiefel auf den Boden krachen. Ein vertrautes, beruhigendes Geräusch.

Diese Base hier war keine Einbildung.

Als er versuchte, die Puzzlestücke in seinem Kopf zusammenzusetzen, fügten sie sich plötzlich zu einem verrückten Bild. Er erinnerte sich an das Gespräch mit Townsent, erinnerte sich daran, dass er ihn gefragt hatte, was geschehen würde, wenn man einen ganzen Raum in der Hyperfrequenz einer fremden Dimension schwingen ließe.

„Diese andere Dimension würde hier vor unseren Augen erscheinen?", echote die Antwort des Frischlings in Pressures Ohren, ebenso wie seine Erwiderung darauf: „Dieser Raum würde zu der anderen Dimension *werden.*"

Wie einfach er das dahingesagt hatte! Jetzt jedoch verknotete sich sein Hirn bei dem Versuch zu erfassen, was hier geschah: *Bin ich in der Travelbase? Oder bin ich in WetGrave? Beides? Warum aber sollte WetGrave eine ganze Travelbase in seinen Gewölben erscheinen lassen?*

Der schrille Alarmton der Atemluftversorgung durchschnitt seine Gedanken. Jäh begriff Pressure, dass er sich ja offenbar wieder im Basenet befand, und riss sich den Helm des LifeSuit vom Kopf. Nie in seinem Leben hatte er genussvoller die schale Luft einer Travelbase in seine Lungen gesogen.

Schatten begannen sich aus dem Licht der Travelbase zu schälen. Sie gewannen an Konturen und nahmen menschliche Züge an. Mittelständische. Fünf an der Zahl. Einer stand genau vor ihm, starrte ihn an, hob die Hände schützend vor sein Gesicht. Die anderen achteten nicht auf ihn. Sie versuchten in die Sprungräume zu gelangen, aber ein Security hielt sie mit einem Plasmagewehr in Schach, während er panisch auf sein Order Display starrte. Pressure zögerte nicht. Ehe der Security seine Waffe auf den entstellten Riesen richten konnte, drosch ihn Pressures Schwinger bereits an die Wand. Leblos sank der Security auf dem Boden zusammen, der Arm mit dem Order Display stand grotesk ab, und Pressure konnte die Buchstaben darauf lesen. Auch hier: *Schwarzer Alarm.*

Pressures Verdacht rastete ein.

Was auch immer die Basenet-Metropole mitsamt Garris entvölkert hatte, geschah hier abermals.

Pressure musste das verhindern.

Er spähte in den Sprungraum; ein Sprungtor war aufgebaut. Wenigstens etwas. Allerdings wagte es keiner der

Mittelständischen hindurchzuspringen. „Na los!", brüllte Pressure. „Macht gefälligst, dass ihr euch durch dieses verdammte Tor in Sicherheit bringt!"

Anstatt jedoch zu reagieren, begannen sie zu taumeln und wie die Betrunkenen auf die Knie zu fallen. Sie sahen aus wie Townsent, ehe dieser Pressure mit dem Tazer ins Reich der Träume geschickt hatte. Ihre Gesichter verzerrten sich in einer Mischung aus Irrsinn und panischer Angst.

Es hat keinen Sinn, gestand Pressure sich ein, und machte sich selbst auf den Weg in den Sprungraum, um seinen LifeSuit an einem RefreshPort wieder mit Atemluft zu versorgen. Ihm selbst begann wieder schwindlig zu werden, und er brauchte mehrere Versuche, ehe er es schaffte, den Schlauch seines LifeSuits mit der Einbuchtung im Sprungraum zu verbinden. Pressure sah mit dem verblassenden linken Auge, wie die Mittelständischen zu Boden stürzten und sich krümmten. *Sie sind verloren,* dachte er, während die Vorratsanzeigen seines LifeSuits wieder in Richtung des grünen Bereichs kletterten.

Die Wände begannen zu flimmern und das Bild sich wieder zu überlagern; Pressures rechtes Auge erblickte die schwachen Schemen WetGraves. Bald würde die Travelbase wieder vollständig verschwunden sein und er stünde abermals im blauen Zwielicht der Hohlkugel.

Es sei denn …

Er kniff das rechte Auge zusammen, sperrte so die optische Überlagerung aus und erblickte das verblassende Bild der Travelbase. Das Sprungtor war noch immer aufgebaut, und Pressure starrte wie hypnotisiert auf die schimmernde Scheibe.

Sie lockte ihn wie mit Engelszungen.

Garris ist verschwunden, flüsterte sie, *die Mittelständischen sind verloren und auch du wirst an diesen unheimlichen Ort zurückkehren. Dieses Tor hier ist deine einzige Chance.*

Pressure konnte durch sein normales Auge schon fast nichts mehr erkennen, spürte förmlich, wie er zurück nach WetGrave gezogen wurde. Die Travelbase wurde dunkler, nur das Sprungtor schimmerte mattschwarz wie ein seltener Edelstein.

Er kehrte ihr den Rücken zu. Die Mittelständischen krümmten sich am Boden, und er wusste womit das zusammenhing!

Ja, er wollte fliehen.

Nie wieder einen Fuß in WetGrave setzen oder durch dieses glitschige, fleischartige Zeug waten oder einer dieser scheußlichen Seekreaturen begegnen – aber wenn er jetzt durch dieses Sprungtor ging, würde er sich den Rest seines Lebens hassen.

Schon jetzt konnte er vor sich sehen, wie ihm Garris jede Nacht den Schlaf raubte. Sein ehemaliger Begleiter würde ihn nicht ansehen, er würde keinen anklagenden Finger gegen ihn richten oder ihn mit Vorwürfen überschütten – wenn Garris überhaupt etwas sagen würde, dann so etwas wie: „Wenigstens einer, der schlau genug war, die Flucht zu ergreifen, anstatt sein Leben diesem verfluchten Kartell in den Rachen zu werfen!"

Und genau das war es, was Pressure niemals ertragen würde. Er war es, der dieses Frequenzmodul in die Net-

Chart eingespeist hatte. Er war es, der die Frequenz dieser Base hier eingetippt hatte.

Pressure betrachtete die letzten verblassenden Schemen der sich krümmenden Mittelständischen. *Ich habe das Schicksal dieser Menschen besiegelt. Also werde ich den Weg dieses Schicksals mitgehen.*

Er konnte kaum noch etwas erkennen, fischte den Revolver unter seinem Overall hervor und steckte ihn in die Tasche des LifeSuits. Ersatzmunition kullerte zu Boden, er musste nach ihr tasten, klaubte sie auf und steckte sie zu der Waffe, während er mit der anderen Hand seinen Helm packte, mit der riesigen Pranke auf seinen Kopf setzte und einrasten ließ.

Dann war sein normales Auge erblindet.

Die Travelbase war verschwunden.

Seine Fluchtmöglichkeit auch.

Er öffnete sein rechtes Auge.

WetGrave war wieder da.

Kapitel 20

Pressures LifeSuit arbeitete nicht sofort, und sein Helm beschlug von innen. Von den Mittelständischen konnte er nur zappelnde Konturen erkennen – ihre Schreie jedoch drangen deutlich an seine Ohren. Dann endlich begann die Automatik zu zischen; frische Luft gelang in seinen Helm und befreite sein Sichtfeld.

Pressure wich zurück, den Revolver in einer hilflosen Geste ausgestreckt. Die Monitore in der entstellten Säule ratterten Befehlszeilen, und Dioden flackerten wie im Irrsinn.

Die Menschen wurden von Zuckungen geschüttelt; ihre Schreie veränderten sich, wurden schriller, gellten vor Qual, kippten schließlich und verwandelten sich in ein schrilles Fiepen.

Ich kenne dieses Fiepen …

Irgendwann stieß Pressure mit dem Rücken gegen die Wand des Gewölbes und konnte nicht weiter zurückweichen; die Waffe in seiner Hand zitterte, blieb auf die Säule gerichtet und auf die Mittelständischen, die sich zu verwandeln begannen…

Die Haare fielen ihnen in Büscheln von den Köpfen; ihre Haut veränderte sich, wurde hell, wurde bleich. Manche rissen sich in Panik die Kleidung vom Leib.

Diejenigen, die das nicht taten, verwuchsen mit ihren Overalls, bis sie zu kreischenden Bündeln aus Fleisch und Stoff verschmolzen waren; ihre Augen schienen zu vertrocknen, verwandelten sich zu diesen tentakelbesetzten Höhlen, und lange, haarlose Schwänze begannen aus ihrem Rückgrat zu sprießen.

Pressure begann zu hyperventilieren.

Diese Seekreaturen waren *Menschen*!

Ehe er seinen Atem wieder in den Griff bekommen konnte, erzitterte der Boden. Das Metall der Quantenwandler sank zurück in die fleischigen Wände, aus denen sie aufgetaucht waren. Auch das Metall unter Pressures Füßen versank, und der warme Glibber grapschte nach seinen Stiefeln. Bald sah das Gewölbe wieder roh und nackt aus, überzogen von schwarzen Rinnsaalen aus Seeflüssigkeit.

Pressure war zu geschockt, um sich zu rühren.

Immer tiefer versank er in dem glitschigen Boden und zielte mit seiner Waffe auf einen Gegner, der nicht da war.

Wieder flammten Dioden in der Säule auf. Die Säule *öffnete sich*, das Metall war nur eine dünne Verkleidung, hinter der es wucherte und wuchs: Glibber war mit Metall verbunden, Drähte gingen in Faserbündel über, und gerade als Pressure klar wurde, wie *lebendig* das alles aussah, wühlten sich zwei Kameraobjektive aus dem glitschigen Zeug hervor und musterten die sich verwandelnden Menschen.

Dann donnerte eine Stimme direkt hinter Pressures Augen.

„Mittelständische. Feiert eure Widergeburt, befruchtet Stahl mit eurem Leben. Alles Sterbliche ist dahin, Individualität ist der Trugschluss der Einfältigen. Willkommen in der Unsterblichkeit.

Gott ist eine Fleischmaschine.

Ich bin Gott. "

Schläuche zuckten aus der Säule hervor, ein bionischer Albtraum aus Fleisch und Chrom. An ihrem Ende saßen funkelnde Haken, die sich in die Schädel der Verwandelten rammten. Einer nach dem anderen wurde aufgespießt und in die Luft gerissen; sie zappelten und versuchten sich davon zu befreien, doch ihre Hände glitten ab, ohne etwas ausrichten zu können. Ihr Quieken steigerte sich zu einer Kakophonie der Qual.

Pressure wirbelte herum, erwartete, dass auch aus der Fleischwand hinter ihm ein Schlauch auftauchen würde, um sich ihm hinterrücks in den Schädel zu bohren. Der Untergrund hielt sein Bein umklammert, er verlor das Gleichgewicht, kippte vornüber und klatschte auf den warmen Boden. Seine Waffe hielt er so verkrampft umklammert, dass seine Hände schmerzten.

Aber da kam kein Schlauch, der sich in seinen Hinterkopf bohren wollte.

Die Schreie der Verwandelten erstarben und ihr Gezappel erlahmte. Starr hingen sie an den Schläuchen und nur das zuckende Blähen ihrer Wangen verriet, dass sie noch am Leben waren.

Pressure war kurz davor, sich zu übergeben.

Dann war die Stimme wieder da und drängte sich in seine Gedanken.

Allmählich beschlich Pressure das Gefühl, dass er diese Stimme von irgendwoher kannte …

„Verschmelzen sollt ihr mit meinem Fleisch! Ich werde euch zu meinen Augen machen …“

Ein Bündel aus Metall drängte sich aus der Fleischsäule. Es sah aus wie eine zusammengeballte Stahlspinne. Das Spinnending entfaltete aufreizend langsam seine Beine, sein Leib war ein klackendes, zischendes Flickwerk aus Werkzeugen, und wo sich die Kauzangen einer echten Spinne befunden hätten, rotierten zwei Sägeblätter. Das Ding zuckte vor, packte ein verwandeltes Geschöpf und riss es von dem Schlauch, an dem es aufgehängt worden war. Mit schrillem Kreischen fraßen sich die Sägeblätter in den Schädel seines Opfers, und noch während die Kreatur in ihrem Todeskampf zappelte, lösten sich zwei kleine Werkzeugarme aus dem Spinnenleib, griffen in die Wunde und schnitten mit chirurgischer Präzision etwas heraus, dass das Ding wie eine Beute an sich riss.

Die tote Seekreatur klatschte einfach auf den Fleischboden.

Im Leib des Spinnendings knisterte es blau, Wölkchen von verschmortem Fleisch stiegen auf, und dann reckte die Metallkreatur das scheußliche Ergebnis in den Raum.

Die biogalvanischen Sensoren …

Pressure konnte nicht mehr an sich halten; in einem explosiven Schwall spritzte das Erbrochene gegen sein Visier. Sofort begannen Pumpen das Zeug abzusaugen, trotzdem verschleierte ihm der säuerliche Dampf die

Sicht. Pressure war dankbar dafür. Nur schemenhaft nahm er wahr, dass sich das Spinnending auf einen weiteren Verwandelten stürzte und ihn von seinem Schlauch pflückte. Es brach ihn einfach in der Mitte entzwei. Metallsehnen lösten sich aus dem Spinnenleib und begannen umherzupeitschen; wie gierige Würmer krochen sie in die Brusthöhle ihres Opfers und holten etwas heraus, das die Lunge sein mochte. Das Spinnending ließ es einfach auf den Boden fallen, wo es sofort mit dem restlichen Glibber zu verwachsen begann. Pressure hörte dumpf die Turbinen, wie sie irgendwo über ihm die Seeflüssigkeit ansaugten. Nur wenige Augenblicke später troff es durch die Decke hinab, von wo es auf Pressure und auf das frisch herausgeschnittene Lungengewebe regnete.

Er hatte recht gehabt. WetGrave atmete.

Pressure würgte, doch sein Magen war leer. Irgendwann registrierte er, dass die Stimme wieder zu sprechen begonnen hatte. Wenn sie Pressure nur nicht so unheimlich bekannt vorgekommen wäre …

„Ich bin euer Nervenzentrum, ihr seid meine Zellen. Euer Fleisch wurde geschaffen, um mir zu dienen. Manche von euch werden meine Wächter sein – ich ernähre euch mit meinem eigenen Leib. Nichts ist nutzlos. Alles ein vollkommener Kreislauf.“

Die Stimme hielt inne. Überall im Boden begannen sich Löcher zu öffnen. Seekreaturen erschienen dort und wühlten sich hervor wie Maden aus verdorbenem Fleisch. Langsam und mit pendelnden Schwänzen schwebten sie zu den ausgeschlachteten Leichen ihrer

Kameraden; dann stießen sie auf die dampfenden Überreste nieder und verschlangen unter ekellerregendem Fiepen ihresgleichen.

Das wischte die Starre von Pressure fort.

Durchströmt von Ekel und Abscheu feuerte er auf die kannibalischen Ungeheuer, bis die Trommel seines Revolvers leer war. Die Kugeln pflückten sie aus ihrer Schwebe, sie klatschten zu Boden, quiekten, verendeten. Pressure wartete nicht, bis das Blähen ihrer Wangen erstarb, er lud nach, legte an … aber ehe er feuern konnte, stürzte das Spinnending auf ihn zu, packte ihn und zerrte ihn vor die Fleischsäule.

Die beiden Kameraobjektive tasteten ihn ab wie Augen.

„Zwitterwesen. Ich beobachte es schon lange. Licht habe ich ihm gemacht und meine Tore geöffnet. Warum verstümmelt es mein Fleisch?"

Pressure war eingeklemmt im Griff der Spinnenbeine und rang nach Luft. Trotzdem starrte er herausfordernd in die Kameraaugen. Der Druck der Arme verstärkte sich, als er nicht antwortete.

„Spricht es nicht – Zwitterwesen? Hat es keine Stimme?"

Doch. Das *Zwitterwesen* hatte eine Stimme.

Und Pressure legte seine ganze Abscheu hinein.

„Bring es verdammt nochmal endlich zu Ende, du gottlose Scheißgroteske!"

Etwas wie ein Lachen war zu hören.

„Blind ist es. Und stolz. Es ahnt nicht, was es ist, nicht wahr? Oder weiß es etwa, warum es zu mir heruntergelangen konnte? Weiß es das?"

Pressure hätte gerne seine letzten Patronen in die Fleischsäule gefeuert, aber das Spinnending hielt ihn unbarmherzig umklammert und sein Revolver zeigte nutzlos an die Decke. „Ich bin hier heruntergekommen, weil ich deinen verfluchten Code gefunden habe, weil ich meinen besten Freund geopfert habe, weil ich durch diesen tintenschwarzen Teerpott zu dir runtergetaucht bin!" Seine Worte verhallten in der riesigen Fleischblase.

Abermals dieses Lachen.

„*Glaubt es das wirklich?*" Das Lachen verstummte. „*Durch welches Auge sieht mich das Wesen jetzt an?*"

Pressure stutzte. Er blinzelte unweigerlich; sein sonst gesundes Auge war blind, wie seit dem Zeitpunkt, da er das Tor mit dem *Colombo*-Frequenzcode durchschritten hatte und auf der Kraterinsel gelandet war. Aber woher konnte WetGrave das wissen?

„*Es hat sich verwandelt, als es hierhergekommen ist. Alles verwandelt sich, wenn es hierherkommt. Es soll sich die Menschen ansehen!*"

Das Spinnending schleppte Pressure zu den vier verbliebenen Verwandelten, die wie tot an den Schläuchen baumelten, der aus ihrem Hinterkopf ragte. Die Münder waren offen, die Wangen blähten sich kaum, und die Arme hingen schlaff herab.

„*Sieht es das? Sieht es die Verwandlung? Glaubt das Zwitterwesen, ich wäre der Schöpfer, der für diese Verwandlung verantwortlich ist? Dann irrt es sich. Es ist dieser Ort der mich geschaffen hat.*"

Pressure schnaubte, doch WetGrave ließ ihn nicht zu Wort kommen.

„Projekt Colombo brach auf, um die Unvorstellbarkeit zu berühren. Diejenigen, die HypCon geschaffen hatten, waren auf der Suche nach neuen Horizonten, neuen Dimensionen! Und sie haben sie gefunden. Sie durchbrachen das Tor in diese verbotene Welt und verschmolzen mit dem Gefährt, das sie hierherbrachte.

Stählernes Fleisch, atmender Stahl.

Bionische Unsterblichkeit.

In mir vereinigt sich der Zentralrechner des Basenets mit den Gehirnen seiner Erbauer. Ich bin allgegenwärtig. Jeder Computer im Basenet ist eines meiner Augen, jeder Rechenvorgang einer meiner Gedanken. Ich bin HypCon. Ich spreche zu den Securities. Die Order Displays sind ihre Ohren, die Befehle darauf mein Wort. Ich befehle. Die Securities führen sie aus. Die Menschen gehorchen. So lange, bis auch sie dazu berufen werden, ein Teil von mir zu werden. Die perfekte Hierarchie. "

Pressure hing da.

Schockiert. Sprachlos.

Konnte das alles sein?

Er stellte sich vor, wie ihn dieses „Bewusstsein" hinter den Kameraobjektiven musterte, ein grotesker Silizium-Fleisch-Hybrid aus den Überresten der HypCon-Spitze, der das gesamte Basenet überwachte und steuerte.

Arrogant und siegessicher hielt es Pressure umklammert. *Ich bin Gott …* Was für eine verdammte Anmaßung. Er verspürte den wachsenden Wunsch die Kameras einfach aus der Säule zu reißen, und fragte sich, ob das Ding genauso quietschen würde wie seine verfluchten Wächter.

WetGrave schien eingefroren und auf Pressures Reaktion zu warten. Pressure zwang sich zur Ruhe. Er versuchte nachzudenken. Mit Gewalt würde er hier nichts erreichen. Wenn überhaupt, dann würde ihm höchstens sein Verstand helfen.

Er sah sich um.

Sollten die Monitore, die verkrüppelte Säule, das Spinnending, die gesamte Kuppel, in der er sich befand, einmal Teile des Basenets gewesen sein? Ein geraubtes Flickwerk aus Basenet-Technik und ... den Überresten von Menschen? Wie aber konnten Mensch und Maschine zu diesem Albtraum verschmelzen? Und warum hat es sich hier herunter zurückgezogen, in die Tiefen dieses abscheulichen Sees?

WetGrave schien Pressures Gedanken zu lesen.

„Das Zwitterwesen stellt keine dummen Fragen. Ich beobachte die Bases. Ständig. Ich warte, beobachte, wie sich die Menschen darin vermehren, wie sie sich bedrängen ... und irgendwann sind sie bis zum Bersten voll, wie überreife Früchte. Erntezeit ...

Hat es sich nie gefragt, warum es keine Überbevölkerung im Basenet gibt? In meinem Leib schlummert der Stahl von tausenden Bases, zusammengehalten und bewegt vom Fleisch ganzer Generationen. Colombo war nur der Anfang. Klein und schwach floh es in den See, in die Tiefe, wo es niemand finden und sehen konnte. Ein scheues, ängstliches Ding, das sich im Dunkel zusammenkauerte, während Drähte und Fleisch immer neue Verbindungen eingingen. Irgendwann begann es zu sehen. Irgendwann begann es zu verstehen. Irgendwann begann es zu der Lebensform zu werden, die ich bin. “

Langsam und brutal erschloss sich Pressure die Tragweite dessen, was dieses Ding von sich gab.

WetGrave züchtete Menschen.

Das Basenet war nichts weiter als eine Plantage, eine Fleisch-Stahl-Fabrik, mit der sich dieses bionische Geschwür selbst fütterte. Pressure beobachtete die verwandelten Mittelständischen. Diejenigen, die von WetGrave „verschont" worden waren, hingen noch immer leblos an den Schläuchen, die aus der Säule ragten.

Mittelständische.

Naiv wie die Lämmer, von WetGrave klein und dumm gehalten, der Hang zur Neugierde ausgetrieben. Jeder, der sich auflehnte, wurde sofort von den Securities an WetGrave verfüttert, alle anderen ließen sich von dem Wohlstand blenden, den WetGrave ihnen als Köder hinwarf. Wohlstand, der ihnen so lange zustand, bis sie WetGrave einfach aus dem Leben stahl, hierherbrachte und zu Rohstoffen degradierte. Und niemand würde es je merken. Deshalb war die Technik im Basenet so strengen Regeln unterworfen! Deswegen durften nur die obersten Ränge der Securities sie benutzen, nur sie durften Technik *verstehen*. Allmählich ergab das alles einen Sinn. Mit Sicherheit wussten die Securities selbst nicht, was gespielt wurde. Auch sie wurden geködert. WetGrave warnte sie mit *Schwarzem Alarm*, bevor es eine Base „erntete", und wer würde da schon Fragen stellen, wenn der einzige Lohn dafür die Gewissheit war, selbst in das Unbekannte abtransportiert zu werden, in das man schon so viele geschickt hatte.

Schwarzer Alarm.

Die Mittelständischen würden niemals erfahren, was dahinter steckte. Nie würden sie einen Quantenwandler verstehen oder die Technik der TransDim-Sprünge oder wie der Basenet-Rechner funktionierte … Niemals würden sie WetGrave auf die Schliche kommen, weil es ihnen verboten war, über technisches Wissen zu verfügen. Ihr einziges Wissen über das Basenet bestand aus Märchen, die sie sich verschämt hinter dem Rücken der Securities erzählten.

Das Puzzle wuchs vor Pressures Augen zu seinem unerträglichen Gesamtbild. Stück für Stück zeigte es weitere Facetten an Abscheulichkeit und schürte Pressures verzweifelte Wut so lange, bis er glaubte, innerlich zu verglühen. Mit aller Kraft, die in ihm aufwallte, stemmte er sich gegen die Arme, die ihn umklammerten, doch das Spinnending hielt ihn unerbittlich fest und verhinderte jeden Fluchtversuch.

Im Gegenteil.

Es brachte Pressure noch etwas näher an die Kameraobjektive. Als WetGrave wieder zu sprechen begann, war seine Stimme gefährlich ruhig.

„Es will wissen, wo es sich befindet, nicht wahr?

Es will wissen, was das für ein Ort ist, an dem Fleisch und Maschine verschmelzen, es will wissen, warum es selbst sich nicht verwandelt wie die anderen …

Und es will wissen, warum es noch am Leben ist. "

Pressure erwiderte nichts. Er konnte spüren, wie WetGrave fast lüstern darauf brannte, ihm diese Fragen zu beantworten.

Und das tat es dann auch.

„WetGrave, wie das Zwitterwesen mich nennt, befindet sich auf der Erde."

Nein. Unmöglich!

Pressure begann so heftig zu atmen, dass sein Helmvisier trotz der Belüftung beschlug. Er versuchte sich zu beruhigen. Auf der Erde gab es keinen Himmel, der in allen Regenbogenfarben schimmerte, es gab keinen pechschwarzen Ozean, keinen Boden, der so seltsam schwammig war …

WetGraves Stimme fuhr in seine Gedanken.

„Colombo ist nie in ferne Galaxien aufgebrochen. Colombo hat jenes Experiment gewagt, das als einziges echtes Wissen erzeugen konnte … Das Team der Colombo ist mit der gesamten Base durch ein Totes Tor gereist."

Dass Pressure die ganze Zeit den Kopf schüttelte, bemerkte er erst, als er sich den Hals an der Helmmanschette blutig gescheuert hatte. Warm lief ihm das Blut über die Brust und metallischer Geruch erfüllte den Helm, bis auch er von der Reinigungsautomatik des Anzugs beseitigt wurde.

Ein Totes Tor…

„Jetzt beginnt es zu verstehen, warum es sich nicht verwandelt wie die anderen. Es beginnt zu ahnen, warum ich es Zwitterwesen nenne und warum ich weiß, dass es mich gerade mit dem rechten Auge betrachtet, nicht wahr? Offenbar erinnert es sich nicht, dass es schon einmal hier war … Als es das erste Mal durch ein Totes Tor gereist ist!"

Pressures Kinn sackte herab. Mit einem Mal wurde ihm klar, woher er diese telepathische Stimme kannte.

„Oberschicht. Verbotenes Fleisch."

Es war WetGrave, das hinter diesem Toten Tor mit ihm gesprochen hatte. Es war WetGrave, das ihn wieder ins Basenet gespuckt hatte.

„*Die Oberschicht ist unantastbar*", sagte WetGrave, als ob es sich erklären wollte. „*Die Oberschicht zieht es vor, in ihrer Dimension zu verweilen, um die Erde zu kreisen und ihr nutzloses Leben zu führen. Und ich gewähre ihr diesen Wunsch. Denn ohne die Oberschicht hätte es das Colombo-Experiment nie gegeben. Deshalb habe ich es wieder in seine Dimension geschickt. Es war noch als Angehöriger der Oberschicht in meinen Datenbanken verzeichnet. Ich wusste noch nicht, dass es abtrünnig geworden ist. Sich mit Bürgern eingelassen hat. Nur wegen dieser fehlenden Information habe ich es wieder zurückgeschickt.*"

Pressure sah an sich herab, blickte dann wieder auf zu den Mittelständischen, die an ihren Schläuchen hingen, wie an einem Galgenbaum aufgeknüpft. Zum ersten Mal erkannte er die bizarre Ähnlichkeit, die sie verband … Auch er hatte einen kreisrunden Mund, ein zugewachsenes Auge, einen Schädel, auf dem fast keine Haare waren, und die gleiche blasse Haut …

„*Wer einmal eine Tote Frequenz berührt, wird von ihr verschlungen. Auch das Zwitterwesen wurde von ihr erfasst. Aber es verwandelte sich nicht hier, es verwandelte sich im Basenet. Die Hyperfrequenz seiner Heimatdimension reagierte mit dem Verwandlungsprozess, verwässerte ihn, und als die Verwandlung abgeschlossen war, gehörte es ebenso wenig ins Basenet, wie es hierher gehört. Es trägt die Hyperfrequenzen beider Dimensionen in sich. Ein Zwitterwesen, das in beiden Welten leben kann.*"

WetGrave ließ seine Worte wirken. Als es wieder zu sprechen begann, schnitt seine Stimme scharf wie zersplittertes Glas. *„Und das ist auch der Grund, weshalb ich es hierher gelockt habe. Warum ich es nicht assimiliere. Warum ich sein Fleisch nicht nutze. Warum es noch atmet. “*

Das Spinnending brachte Pressure so nah an die Kameraobjektive heran, dass er die Irislinsen darin sehen konnte.

„Ich stelle das Zwitterwesen vor die Wahl. “ Die Linsen weiteten sich, als ob WetGrave auch noch seine kleinste Regung sehen wollte. *„Es wird in seine Heimatdimension zurückkehren. Es wird meine Stimme im Basenet werden. Mein lebendiger Arm aus Fleisch und Blut. Es wird mir ermöglichen, das Basenet nicht nur mit Befehlen über die Order Displays zu kontrollieren. “*

Das Spinnending brachte Pressure so nah an die Säule heran, dass er erkennen konnte, wie das Fleisch zwischen den Kameras vor Wärme dampfte.

„Es wird meinen Befehlen gehorchen, mir von den Ereignissen dort berichten! Es wird mir die Technik besorgen, die ich benötige, um zu wachsen … “

Pressure schnaubte in seinen Helm, und WetGrave unterbrach sich in seinem Redefluss.

Die Irislinsen der Kameras zuckten.

Als Pressure sprach, flüsterte er fast. „Du liest meine Gedanken und glaubst immer noch, dass ich mit dir zusammenarbeiten würde?“

Das Flüstern verklang. Plötzlich packte das Spinnending so fest zu, dass Pressure aufstöhnte und beinahe seinen Revolver hätte fallen lassen. Eine Rippe knackte,

Sterne zerplatzten vor Pressures Augen; WetGraves Stimme donnerte in maßlosem Zorn.

„Wenn ich es gewollt hätte würde es seit seiner ersten Begegnung mit mir nicht mehr atmen! Ich hätte es bei jedem seiner Sprünge durch das Basenet zerquetschen können! Ich hätte sämtliche Securities auf es hetzen können! Ich hätte es gleich in meinen Eingeweiden behalten können, als es von Security 392 254 [Townsent] mit dem Tazer betäubt worden war! Ich habe es betrachtet, wie es bewusstlos vor mir lag … Aber ich habe es liegen lassen, als einzigen Verbliebenen einer leergeernteten Basenet-Metropole! Ich habe es selbst den Sprung in meine Dimension vollziehen lassen! Ich habe ihm ein Tor aufgebaut, zu dem einzigen Quantenwandler, der sich noch an der Oberfläche des Ozeans befindet, ein Tor zur vergessenen Hälfte der Colombo!"

Die Irislinsen hatten sich vor Zorn zu zwei pechschwarzen Perlen verengt.

„Ich habe es Schritt für Schritt an meine Herrlichkeit herangeführt! Es sollte selbst in die Tiefe tauchen, und ich habe meine Wächter zurückgehalten, die ihm am liebsten das Fleisch von den Knochen gerissen hätten! Ich habe ihm meine Tore geöffnet und ihm gezeigt, auf welche Weise ich Fleisch und Stahl aus einer Base ernte — immerhin hat es selbst die Travelbase auf einem meiner T-Terminals ausgewählt, nicht wahr? Ich habe ihm gezeigt, wie ich wachse! Und ich habe ihm gezeigt, was ich bin."

Die Stimme brach plötzich ab.

Der Griff des Spinnendings lockerte sich. Als WetGrave weitersprach, hatte der Tonfall sich geändert. Es klang, als würde es mit einem unartigen Kind sprechen.

„Ich weiß, dass es eigensinnig ist. Einen starken Willen hat. Genau das ist der Grund, warum ich es für geeignet halte. Und das ist der Grund, warum ich es ein letztes Mal vor die Wahl stelle. Es kann mein Geschenk werden. Mein lebendiger Arm im Basenet. Wie ein Gott unter den Mittelständischen wandeln.“

WetGraves Irislinsen sahen ihn an.

Neugierig.

Erwartungsvoll.

Dann verengten sie sich plötzlich wieder, und die Stimme wurde hart wie Stein. *„Oder es kann mein Angebot ausschlagen. Den Weg der Bürger weiterverfolgen. Das Schicksal allen unwerten Lebens teilen. Die Strafe aller Abtrünnigen erleiden.“*

Pressure sah fest in die Irisaugen. Dahinter war ein hauchfeines Netz aus Blutgefäßen, das sacht pulsierte.

Die Bürger.

Er hatte sie fast vergessen.

Die Arbeitsbases, in die sie geschickt wurden.

Welche Abscheulichkeit mochte sich dahinter verbergen, wenn sogar WetGrave von einer Strafe sprach? Was sollte noch schlimmer sein als die Gräuel, die Pressure bisher entdeckt hatte?

Aber … war das wichtig?

Die Gedanken in Pressures Kopf hörten auf herumzuwirbeln.

Sanken herab.

Ein Moment völliger innerer Stille trat ein.

Furcht verblasste.

Klarheit erstrahlte.

Als Pressures sie in Worte fasste, war ihm, als ob seine Seele selbst sprechen würde.

„Eher sterbe ich, als einen solchen Pakt einzugehen."

WetGraves Irisaugen ruckten kaum merklich.

„So sei es. "

Kapitel 21

Pressure schloss die Augen. Wartete auf die Schläuche, auf den Dorn, der sich ihm in den Schädel bohren würde.

Aber es herrschte nur Stille.

Er öffnete die Augen nicht. Sein Gaumen begann zu prickeln, und er wusste, dass sich ihm eine der Seekreaturen näherte. Etwas umschlang ihn. Der Griff des Spinnendings lockerte sich, aber Pressure stürzte nicht. Er baumelte im Griff der Seekreatur, spürte, wie er in die Höhe gehoben wurde, und öffnete schließlich doch die Augen. Der Fleischboden verblasste in der wachsenden Entfernung.

Pressures Gaumen tobte immer heftiger.

Vielleicht war es die Art, wie seine Zunge prickelte, vielleicht spielte ihm seine Fantasie einen Streich, aber Pressure begann sich plötzlich zu fragen, ob er in den Fängen der Kreatur gelandet war, die ihm bereits oben aufgelauert hatte. Es musste sich um einen Wächter handeln. Bei ihrer ersten Begegnung von WetGrave zurückgehalten. Aber jetzt konnte das Ding über ihn verfügen, wie es wollte. Pressure betrachtete die Waffe in seiner Hand.

Nutzlos.

Wenn er die Kreatur jetzt erschießen würde, hätte er keine Aussicht darauf, diesen Sturz zu überleben.

Das Prickeln auf seiner Zunge wurde immer stärker, und wieder hatte Pressure das absurde Gefühl, die Wut der Kreatur wie ein Brennen zu spüren und Silben zu *schmecken*. Scheinbar sinnlos reihten sie sich aneinander, aber allmählich bildete Pressure sich ein, einen Rhythmus und so etwas wie eine Sprachmelodie zu erkennen.

Die Kreatur trug ihn auf eine der fleischigen Wände zu, ein Loch öffnete sich und offenbarte einen glänzenden Schlund, der sich in einem finsteren Tunnel verlor. Das Wesen zerrte Pressure hinein, bombardierte ihn mit seinem Silben-Singsang, bis Pressure glaubte, den Verstand zu verlieren.

Der Schlund war eng, Pressures Stiefel schleiften über den Boden. Aber bald dehnte er sich aus, wuchs zu einem weitläufigen Tunnel heran.

Ein Grummeln und Murmeln hob an; rotes Licht begann an den Tunnelwänden zu schimmern. Je weiter Pressures geschleift wurde, desto heller wurde das Licht. Das Grummeln schwoll zu einem Grollen heran, das beständig an Lautstärke und Tonspektrum zunahm.

Angst packte Pressure, und er wehrte sich, doch die Kreatur umklammerte ihn unbarmherzig. Die langen Arme legten sich wie Seile um seine Brust und zogen zu. Das Grollen löste sich in ein Inferno aus Einzelgeräuschen auf. Es quietschte, toste, platschte, kreischte und wimmerte, tönte menschlich, metallisch, elektronisch, mechanisch oder einfach nur grotesk und abstoßend.

Der Schlund endete schließlich an einer Öffnung, so groß wie ein Shuttlehangar. Von dort drang das tiefrote Licht herein, zusammen mit diesen schrecklichen Geräuschen. Hinter dieser Öffnung erkannte Pressure kaum etwas; nur dichte, gelbe Dunstschwaden, die in Wolken vorbeizogen. Die Kreatur zerrte Pressure unerbittlich auf diese Öffnung zu und bombardierte ihn weiter mit diesen wortlosen Silben. Zu dem Gefühl von brennendem Zorn auf Pressures Zunge waren weitere Eindrücke gekommen, die er noch weniger entschlüsseln konnte. Er hatte keine Ahnung, ob das Geschöpf ihn anbrüllte oder auslachte oder verspottete, oder ob dieser seltsame Monolog vielleicht überhaupt nicht an ihn gerichtet war.

Je näher Pressure der Öffnung kam, desto tosender und erschreckender wurde der Lärm, der sich von überall in den Schlund ergoss. Allmählich konnte er sehen, dass sich hinter den vorbeischwebenden Dunstwolken eine Wand verbarg, fleischig rot, leuchtend und pulsierend.

Nur noch wenige Meter bis zur Öffnung des Schlundes. Pressure entdeckte, warum die gegenüberliegende Wand leuchtete und pulsierte. Leuchtstoffröhren. Abermals Flickwerk, das WetGrave aus dem Basenet geraubt hatte. Manche der Leuchtstoffröhren wirkten wie an die Wand angewachsen und verströmten helles, weißes Licht, manche steckten auch tiefer in der Wand und ließen das Fleisch in dunklem Rot erglühen.

Schließlich hatten sie die Tunnelöffnung erreicht. Die Kreatur trug Pressure hindurch, blieb dann in der Luft stehen. Der Lärm war hier draußen ohrenbetäubend. Er entsprang einem Ort tief unter Pressure, aber dichte gelbe Wolken verschleierten jede Sicht darauf. Es ging nicht weiter. Die dürren Arme hielten ihn in der Luft, er schwebte zwischen zwei Fleischwänden, die vor und hinter ihm aufragten; sie bildeten eine bizarre Schlucht.

Die Wände waren nicht nur von Leuchtstoffröhren durchsetzt, sondern auch dicht an dicht überzogen mit Löchern und Öffnungen. Die Kreatur brachte Pressure näher an eines dieser Löcher heran. Je näher er ihnen kam, desto deutlicher wurde ihm, dass sie sich *bewegten*! Sie änderten ihren Standort, indem sie langsam durch das Fleisch der Wände schwammen!

Und aus diesen Öffnungen quollen Gestalten hervor. Allerdings wurden sie nicht wie Pressure getragen. Haltlos stürzten sie in die dunstverschleierten Tiefen der Schlucht und prasselten wie ein Fleischregen die Wände herab. Ihre Schreie verklangen kaum hörbar in dem Inferno, das hier herrschte, aber Pressure konnte nicht erkennen, was dort unten mit ihnen geschah, weil ihm der dichte gelbe Dunst die Sicht versperrte. Was das nur sein mochte!

Pressure wurde von seinem Peiniger ganz nah an die gegenüberliegende Schluchtwand herangetragen. In allen Einzelheiten musste er sich das grausige Schauspiel ansehen, das dort vonstatten ging. Er erkannte, dass die Öffnungen nicht einfach Öffnungen waren. Es handelte sich um Metallringe, die behäbig durch die Wände schwammen und flimmernd schwarze Luft umschlossen. Quantenwandler! Sprungtore!

Und die Gestalten, die daraus hervorquollen, waren Menschen.

Bürger.

Pressure war wie gelähmt vor Entsetzen. Er konnte die Gesichter der Bürger sehen; Erleichterung und Freude waren darauf, einen Sekundenbruchteil, nur um sofort in blankes Grauen umzuschlagen, wenn der Verwandlungsprozess einsetzte und die Schwerkraft sie in die Tiefe riss.

Das also waren die „Arbeitsbases" der Bürger.

Pressures Peiniger gestattete ihm nicht wegzusehen; erbarmungslos hielt er ihn umklammert. Offenbahr war es WetGraves Wunsch, dass Pressure bis ins letzte Detail begriff, was mit Bürgern geschah. Und mit Abtrünnigen. Die prickelnde Stimme der Kreatur wurde lauter, aber Pressure wehrte sich mit aller Kraft dagegen, irgendetwas von dem zu erfassen, was dieses Ungeheuer ihm mitteilte. Bald würde es ihn genug gequält haben. Bald würde es ihn loslassen und in die Tiefe stürzen lassen. Wenigstens hätte er sich dann der letzten Botschaft dieser Kreatur verweigert.

Bring es endlich hinter uns.

Aber die Kreatur dachte nicht daran. Sie verstummte. Dann zerrte sie Pressure ohne Vorwarnung in die Tiefe.

Schier endlos durchpflügten sie den dichten gelben Dunstteppich. Das Zeug beschlug auf Pressures Visier und hinterließ eine schmierige gelbe Schicht. Der Lärm wurde immer heftiger, ein metallisches Scheppern und Rumoren, das mit dem Kreischen der Bürger verschmolz.

Immer tiefer tauchten sie hinab; es wurde düsterer und heißer, und je heißer es wurde, desto Dunstiger schien es zu werden.

Dann riss der Nebel auf.

Pressure zuckte zusammen, als wäre ihm ein Stromschlag in den Leib gefahren. Seine Arme wurden taub, sein Magen rebellierte, und er begann unkontrolliert zu zittern. Hätte er geahnt, dass ihn ein derart unvorstellbares Grauen erwartete, dann hätte er sich wohl niemals auf die Suche nach dem Geheimnis HypCons begeben. Er hätte sich eine Kugel durch den Kopf gejagt.

Da waren Netze.

So weit Pressure auch sehen konnte ragten sie aus den Fleischwänden, als würden sie dort herauswachsen. Sie bestanden aus irgendeinem knorpeligen Material. Sie fingen die herabstürzenden Bürger ab, dehnten sich dem Zerreißen nahe, waren vollgestopft mit kreischenden Kreaturen, die sich noch immer verwandelten.

Kameraaugen wühlten sich aus den Wänden hervor und musterten die Geschöpfe in den Netzen mit zuckenden Pupillen. Als ob sie wortlose Befehle ausstießen, tauchten Maschinenarme aus den Fleischwänden, manche mit Zangen bewaffnet, manche mit Bohrern, rotierenden Sägeblättern oder Schweißgeräten – irgendwo hörte Pressure sogar das Aufbrüllen einer Kettensäge.

Die Kameraaugen betasteten mit kalter Ruhe die Fleischberge in ihren Netzen. Manche Bürger hatten den Absturz nicht überlebt, trotzdem wuselte und wimmelte es. Manche Bürger wanden sich noch im Verwandlungsprozess, während andere bereits alle Kraft erschöpft hatten und nur noch schwach fiepten.

Die Kameraaugen scherte das nicht. Sie interessierten sich offenbar nur für das, was die Bürger am Leib trugen, sie suchten nach Technologie, die WetGrave benötigte, um weiter zu wachsen. Immer wieder stießen Greifarme in die Netze hinab, zerrten einen Bürger hervor und unterzogen ihn einer genauen Untersuchung. Eines der Kameraaugen schnellte zum Arm des Bürgers, beglotzte die Armbanduhr daran. Die Werkzeugarme machten sich nicht die Mühe, die Uhr vom Arm des Bürgers zu lösen – sie sägten die Hand einfach am Handgelenk ab.

Pressure dachte an das kleine Mädchen, das Garris in der Travelbase vor dem widerwärtigen Security beschützt hatte. Auch die Kleine war hier gelandet.

Grauen, Mitleid und Trauer leckten wie Flammen über Pressure, verzweifelt richtete er seine Waffe auf die Kameraaugen, dann richtete er die Mündung gegen sich selbst – aber anstatt abzudrücken, sanken seine Arme schlaff herab, und er wurde von heftigem Schluchzen geschüttelt.

Nichts entging diesen Maschinenaugen: Herzschrittmacher, Glasaugen, alles wurde herausgetrennt, von den Greifarmen gepackt und in die Fleischwände gezerrt, damit es von WetGrave in irgendeiner bionischen Blasphemie benutzt werden konnte.

Plötzlich, wie auf einen gemeinsamen Impuls, öffneten sich die Netze, und ganze Knäuel verstümmelter Leiber polterten die Wände hinab, weiter hinunter in den undurchdringlichen gelben Nebel. *Jetzt*, dachte Pressure. *Jetzt wird mich dieses verwandelte Scheusal endlich loslassen und ich werde in die Tiefe stürzen.*

Die Kreatur bestürmte ihn heftiger als zuvor mit ihren prickelnden, stummen Worten. Pressure spürte, wie sich die Wut des Geschöpfs schier in seine Zunge hineinbrannte, was ihm eine grimmige Genugtuung verschaffte. *Wenigstens gegen deinen Spott und deine Demütigungen kann ich mich auflehnen*, dachte er, auch wenn das ein erbärmlicher, nutzloser, törichter kleiner Sieg war. Aber der verwandelte Bastard war noch immer nicht mit ihm fertig. Das Geprickel verstummte. Dann stürzten sie weiter in die Tiefe. Die abscheulichen Netze über ihnen wurden von gelbem Dunst verschluckt.

Es wurde immer dunkler, ein gelbes, dunstiges Zwielicht umgab sie. Die Leiber der Bürger waren nur noch als Schemen zu sehen, sie schlitterten die Wände hinab, überschlugen sich und verschwanden im Nebel.

Als sie endlich den Grund der Schlucht erreicht hatten, konnte Pressure kaum noch etwas erkennen, so sehr war sein Visier beschlagen – obwohl er fürchtete, was er sehen würde, wischte er sich über seinen Helm. Über den Grund der Schlucht schlängelte sich ein zäher, gelber Fluss. Er blubberte, als ob er kochte, und von seiner Oberfläche stiegen diese gelben Dunstschwaden auf.

Überall regnete es verwandelte Bürger.

Sie klatschten in die brodelnde Brühe, versanken in ihr. Diejenigen, die das Pech hatten, ihren Sturz und die Prozedur durch die Werkzeugarme überlebt zu haben, versuchten dem Strom zu entkommen. Wenn ihre Köpfe aus seiner Oberfläche auftauchten, kreischten sie, als hätte man sie in einen Topf mit siedendem Fett geworfen. Ihre Haut löste sich ab, hing in Fetzen, während das Fleisch widerwärtige Blasen warf. Andere sahen das und versuchten sich von dem blubbernden Zeug fern zu halten; verzweifelt krallten sie sich in die glitschigen Fleischwände hinein, und ihre Finger hinterließen tiefe Spuren. Alles vergeblich. Dadurch versanken sie nur noch langsamer in dem Zeug, das sie von unten auflöste; es verlängerte ihren Todeskampf, verlängerte ihre Qual.

Es brauchte nicht die Sensoren von Pressures LifeSuit, um herauszufinden, aus was dieser gelbe Dunst bestand. Enzyme. Salzsäure. Das hier war der Verdauungstrakt von WetGrave.

Pressure drehte seinen Helm so weit es ging nach hinten. Er wollte der bleichen Missgeburt, die ihn hierher geschleppt hatte, ins Gesicht blicken und ihr seine ganze Abscheu entgegenschleudern. Tatsächlich lockerte das Ding seinen Griff und ließ das zu. Die wimmelnden Augententakel schienen herausfordernd zurückzublicken, und das Prickeln brannte auf Pressures Zunge, scharf, bitter und außer sich vor Erregung.

„Komm schon, du Bastard", knurrte Pressure in seinen Helm. „Verfüttere mich an deine verdammte Fleischmaschine." Er drückte sich die Mündung seines Revolvers an den Kopf und wartete auf den Sturz.

Das Prickeln verstummte.

Die Augententakel hörten auf zu wimmeln.

Dann riss ihn die Kreatur hinab, stürzte sich mitsamt Pressure in die brodelnde Brühe und hielt ihn mit eisernem Griff umklammert.

Alarmsirenen schrillten in Pressures Helm, klangen seltsam gedämpft durch die Flüssigkeit, die ihn umgab. Er hatte nur noch wenige Augenblicke zu leben, ehe sich die Säure durch seinen Suit fraß. Die Kreatur ließ Pressure noch immer nicht los; obwohl sie sich selbst bereits aufzulösen begann, starrte sie Pressure durch das Helmvisier in die Augen, mit Tentakeln, die sich von seinem Schädel lösten und schäumend davontrieben.

Was zum …

Ehe Pressure sich von seiner Überraschung erholen konnte, zerrte ihn die Kreatur zurück an die Oberfläche, presste ihn gegen eine der Fleischwände und bestürmte ihn mit einem Schwall prickelnder Silben.

Pressure war zu überrascht, um die Stimme diesmal zu ignorieren. Obwohl es schwer war, einen Sinn zu erfassen, hatte sich Pressures Hirn bald darauf eingestellt, und es konnte tatsächlich Worte aus dem Prickeln und Brennen ableiten. Es waren keine freundlichen Worte.

„Hörst du mir jetzt endlich zu? Verdammtes Arschloch!"

Pressure blinzelte. Diese Worte … Diese Vertrautheit …

„Garris?", flüsterte er in seinen Helm.

„Wer denn sonst, verflucht noch mal!"

Die Kreatur … Garris … Seine Wangen blähten sich heftig und unregelmäßig. Blasen bildeten sich auf seiner Haut und brachen auf. Das Fleisch darunter zischte und schäumte. Die Schmerzen mussten unerträglich sein. Er hatte das alles auf sich genommen, nur damit Pressure ihm zuhörte. Schuld bohrte sich wie ein Faustschlag in Pressures Magen.

Dann sah er plötzlich Bilder vor seinem inneren Auge auftauchen. Erst nach einer Weile begriff er, dass Garris ihm diesen Film sandte; es war wie Bilderschaum, der sich auf dem Prickeln der Silben kräuselte: Die Bewohner einer ganzen Basenet-Metropole. Tausende arme Schweine, die an WetGraves Biotech-Schläuchen zappelten, während die Kameraaugen über sie wanderten und sie kategorisierten wie Vieh. Da war Garris, er strampelte, versuchte sich den Schlauch aus dem Kopf zu zerren.

„Starker Überlebenswille", hatte WetGrave gezischt. *„Ein neuer Wächter. "* Und damit hatte ihn der Schlauch entlassen, und Garris war zu Boden gefallen. Also war es wirklich Garris gewesen, der Pressure da oben an der Terminalsäule aufgelauert hatte, der ihn mit seinem seltsamen Silbengesang bombardiert hatte – er hatte Pressure etwas sagen wollen, hatte ihn warnen wollen, doch Pressure hatte sich auf stur gestellt, hatte ihn dazu getrieben, dass er...

Garris Arme packten ihn, nur kurz, dann ließ er Pressure los, seine Hände nur noch rohes Fleisch und vor Schmerzen zu Klauen geballt. *„Ich bringe ... bringe dich hier raus ... "*

Pressure schossen die Tränen in die Augen. Er wollte etwas sagen, aber dann sah er den Zustand seines Freundes. Garris lag rücklings gegen die Fleischwand geworfen, er krümmte sich, und sein Brustkorb hob und senkte sich wie ein Blasebalg. Garris benötigte alle Kraft, um sich Pressure mitzuteilen. Also sagte Pressure nichts. Stumme Tränen strömten ihm über das Gesicht. Garris wandte ihm den Kopf zu.

„… brauche … etwas von dir … "

Pressures Hals war nass vor Tränen, als er sich über Garris beugte; dessen verätzte Finger glitten über Pressures Overall, tasteten ihn ab, blieben auf einem kleinen Kästchen liegen.

Katharsis.

Und Pressure begriff.

Garris wollte den Virus hier einspeisen und ihn Wet-Grave direkt ins Hirn jagen. Noch mehr fremde Informationen und Bilder tauchten in Pressures Geist auf, und im ersten Augenblick war er nicht sicher, ob er selber darauf kam oder ob sie ihm von Garris geschickt wurden. Wahrscheinlich stimmte beides.

Dann endlich begann er zu verstehen, was es mit Katharsis wirklich auf sich hatte: Der Virus war der binärcodierte epileptische Anfall des Basenets und hätte den Kollaps aller Rechenleistungen zur Folge.

Wenn Katharsis eingespeist wurde, würden alle Strukturen des Zentralrechners zusammenbrechen, er wäre blank und leergefegt, nur noch die Notfrequenzen, um zu den Shuttles auf der Erde zu gelangen, würden übrig bleiben. Das gesamte Basenet-Kollektiv müsste völlig neu programmiert werden, und die Frequenzen zwischen den Bases müssten von Grund auf neu errechnet werden.

Katharsis würde WetGraves Bewusstsein einfach löschen.

Jetzt begriff Pressure auch, warum sein Vater und jedes andere Mitglied der Oberschicht ein Modul mit dem Katharsis-Virus bei sich hatte. *Sie wissen von Wet-Grave*, dachte er fassungslos. Und Katharsis war ihr Schutz. WetGrave verschonte die Oberschicht nicht aus Großmut. Es verschonte die Oberschicht, weil sie ihm Katharsis ins Fleisch jagen konnte.

Garris entspannte sich, als er diese Gedanken in Pressures Hirn spürte, als er sicher war, dass Pressure ihn verstanden hatte. Er lag da. Wurde ruhig. Schien letzte Kräfte zu sammeln.

Ohne weitere Zeit zu verschwenden, nahm Pressure seinen Helm ab, klemmte ihn sich zwischen die Beine und öffnete dann seinen LifeSuit. Er kniff die Augen zusammen und hielt die Luft an. Trotzdem spürte er, wie die beißenden Dämpfe an seiner Haut nagten, unter seine Lider krochen und sogar die zugewachsene Membran seines rechten Auges zu durchdringen begannen. Er tastete unter seinem Overall und fischte das Katharsis-Modul heraus. Garris nahm es ihm sofort aus den Händen. Die Luft wurde Pressure knapp. Er schloss den Suit wieder, setzte den Helm auf und lauschte erleichtert den Pumpen, die die Dämpfe wieder aus seinem Anzug beförderten. Ehe er es wagte, seine Augen wieder zu öffnen, spürte er, wie er von Garris gepackt und in die Höhe gerissen wurde, offenbar in einem Aufbäumen letzter Kraft.

Pressure versuchte sich vorzustellen, was hier geschehen würde, wenn es Garris tatsächlich gelang, Katharsis einzuspeisen. Wenn das Basenet-Betriebssystem gelöscht wurde. Wenn all das Fleisch und die Drähte hier keinen bewussten Impuls mehr bekamen, der sie steuerte und koordinierte …

Er versuchte sich vorzustellen, wie die Trilliarden Nervenzellen, Sensorverschaltungen, Impulsgeber unter einer Flutwelle falscher Rechenanweisungen kollabierten, wie Metall von fehlgeleiteten Muskeln zerquetscht wurde und das stählerne Skelett seinen eigenen Leib zerfleischte. Was für eine widerwärtige Leiche diese Fleischmaschine dann abgäbe. Ein Kadaver, der den schwarzen See mit Fäulnis und rostendem Metall verseuchen würde.

Garris´ gequältes Stöhnen brannte in Pressures Rachen und machte ihm bewusst, dass er noch immer in die Höhe geschleppt wurde. Pressure öffnete die Augen. Garris schleppte ihn mit der Kraft eines Verzweifelten an den Knorpelnetzen vorbei und versuchte den herabprasselnden Leibern auszuweichen. An den Wänden glitzerte der kondensierte Magensaft in gelben Perlen.

Dann hatten sie einen Quantenwandler erreicht. Beständig quollen neue Bürger aus den Metallringen hervor und stürzten in die Tiefe. Garris drückte Pressure gegen die Wand, direkt neben eines der Sprungtore, das träge durch das Fleisch auf sie zuschwamm. Garris´ Schmerz blitzte herüber zu Pressure wie ein Schwall kochendes Wasser. Obwohl Pressures Sturheit der Grund war, warum Garris jetzt hier war, wollte Garris ihm das Leben retten.

Eine Woge heißen Zorns schwappte von Garris zu Pressure herüber. Bilder tauchten auf, von Pressure, der sein Leben riskiert hatte, um Garris aus dem Stasis-Knast seines Vaters zu holen, und von all den anderen Gelegenheiten, bei denen Pressure fast ums Leben gekommen wäre, weil er Garris aus einer Situation rausboxte, die der sich selbst eingebrockt hatte.

„Wir speisen Katharsis ein", krächzte Pressure. „Und dann verschwinden wir von hier…"

„Kann nicht … mit … ", stöhnte Garris. *„… Totes Tor … Keine Rückverwandlung … One … Way … "*

Pressure wollte davon nichts hören, wollte ihn mitnehmen, er selbst hatte ja auch überlebt! „Irgendetwas muss ich doch tun können!", brüllte er verzweifelt.

Zur Antwort hob Garris nur die verätzte Hand, tastete mit zitternden Fingern nach Pressures Pranke – und griff nach dem Revolver, den der noch immer umklammert hielt.

Pressure begann abermals zu schluchzen, als Garris ihm die Waffe entwand. Schließlich richtete sich das stumme, verätzte Gesicht auf Pressure. *„Ich … werde WetGrave töten. Ich vernichte HypCon. "* Ein grimmiges, prickelndes Lachen erfüllte Pressures Rachen, eine Woge von Dankbarkeit, die kaum ertragen zu ertragen war.

Dann wurde Garris still. Er packte Pressure am Arm und hielt kurz inne. Eine Geste, die Dankbarkeit und Abschied und Freundschaft auf einmal ausdrückte. Pressure fasste sich. Auch er sah seinen Freund an, festigte seinen Blick und nickte ihm zu. Ohne Vorwarnung packte ihn Garris, und stieß ihn durch das Sprungtor zurück ins Basenet.

Kapitel 22

Der Sprung dauerte nur den Bruchteil einer Sekunde, aber für Pressure fühlte es sich an wie eine Ewigkeit. Er wusste, dass WetGrave diesen Sprung registrierte, und er wusste, wie groß die Gefahr war, dass es schnell genug reagierte, um ihn aufzuhalten. Aber dann tauchte er in einem Sprungraum auf, wohlbehalten und durch das linke Auge sehend.

Er riss sich den Helm vom Kopf. Jetzt hing alles davon ab, dass es Garris schaffte, den Virus einzuspeisen! Pressure dachte an die Verätzungen und den tobenden Schmerz, von dem er selbst nur die Spitzen gefühlt hatte, wie das Echo eines Schreis aus weiter Ferne. Hoffentlich schöpfte WetGrave keinen Verdacht …

Vor ihm standen Bürger. Verdreckt und von säuerlichem Gestank, ihre Gesichter von Angst und Ratlosigkeit verzerrt. Auch der Security, der sie durch das Sprungtor schicken sollte, war vor Schreck wie erstarrt. Sie alle glotzten auf Pressure, auf seinen Anzug, der in WetGraves Magensäure Blasen geworfen hatte, auf seinen Helm, an dem sich die Dunstwolken als gelbe Schmiere abgelagert hatten.

Pressure verlor keine Zeit. Er schlug den Security nieder, ehe der wieder seine Sinne beisammen hatte und sein Gewehr in Anschlag bringen konnte. Er fischte das Gewehr aus seinen schlaffen Armen und stellte sich den Bürgern in den Weg, damit sie nicht durch das Sprungtor zu fliehen versuchten und damit ins sichere Verderben stürzten. Aber sie versuchten gar nicht zu fliehen. Pressures Zustand schien deutlicher als jedes Wort vor dem Grauen zu warnen, das hinter dem Sprungtor auf sie wartete.

Das Licht flackerte.

Das Sprungtor brach zusammen.

Ob Garris es geschafft hatte?

Pressure warf einen Blick auf das Order-Display des bewusstlosen Security.

Schwarzer Alarm.

Pressures Beine gaben nach. Er ließ sich einfach zu Boden sinken, ein armseliges Häuflein, das auf kühlem Metall kauerte. WetGrave musste seine Flucht bemerkt haben. Wahrscheinlich hatte es jeden einzelnen Gedanken verfolgt, den Pressure und Garris ausgetauscht hatten. Es hatte sie im Glauben gelassen, eine Chance zu haben. Ein grausames kleines Spiel. Und jetzt wurde dieses Spiel endgültig beendet.

Die Luft begann zu flimmern.

Pressures rechtes Auge begann zu erblinden.

Wie schrecklich naiv es gewesen war, an diese Chance zu glauben. WetGrave wusste von Katharsis. Also wusste es auch, dass Pressures Vater im Besitz dieses Virus gewesen war. Und deswegen war es wahrscheinlich von Anfang an davon ausgegangen, dass Pressure das Modul bei sich haben würde. Dass er es benutzen würde. Garris´ Vision hinterließ traurige Nachbilder. Katharsis wäre wie ein reinigender Sturm durch das Basenet gefegt. Die Machtstrukturen der Securities wären zusammengebrochen, Mittelständische hätten das Basenet verstehen lernen können, hätten es wieder zu florierendem, intergalaktischem Handel beleben können. Technik wäre nicht mehr verboten gewesen, sondern eine Pflicht, die die Menschen zu mündigen Nutzern des Basenets gemacht hätte.

Das Joch der HypCon-Diktatur wäre zerschlagen worden, die Rechenkapazität der Basenetrechners hätte man zu einer ausgeglichenen Ressourcenverteilung nutzen können, man hätte die Bürger in das System integrieren können und aus der Erde mithilfe intelligenten intergalaktischen Handels wieder einen bewohnbaren Planeten gemacht. Natürlich wäre das nicht von heute auf morgen geschehen, und von utopischer Gerechtigkeit wäre das System auch nicht gewesen, aber zumindest hätte man so die Karten neu gemischt, neue Chancen verteilt, verdammt!

Stattdessen begann sein rechtes Auge zu erwachen. Die Bürger begannen zu taumeln und beseitigten damit letzte Zweifel. Garris hatte es nicht geschafft.

Pressure fragte sich, ob WetGrave auch ihn im Glauben gelassen hatte, eine Chance zu haben. Vielleicht hatte es mit seinen hinterhältigen Kameraaugen beobachtet, wie Garris seinen zerfressenen Körper mit letzter Kraft zu WetGraves Terminalsäule geschleppt hatte — nur um ihn dann grausam zu töten.

Pressure versuchte sich nicht auszumalen, welche Strafe dieses Höllenkollektiv für ihn bereithalten mochte – aber seine Fantasie reichte dafür ohnehin nicht aus.

Sein linkes Auge erblindete völlig. Pressure bedeckte das Gesicht mit seinen Pranken. Wollte nicht sehen, was ihm sein rechtes Auge zeigen würde, wenn er es abermals im Herzen WetGraves öffnen würde. Vielleicht Garris. Vielleicht das, was von Garris übrig war. Vielleicht würde das Maschinenkollektiv Pressure dazu zwingen, der Strafe beizuwohnen, die es für Garris erdacht hatte.

Schließlich wurde es still.

Pressure atmete ruhig. Wartete auf die Stimme Wet-Graves. Auf das Zuschnappen seiner Greifer, auf das Sirren der Kreissägen, auf das Fiepen der verwandelten Seekreaturen, auf den stachelbewehrten Schlauch, der sich in seinen Schädel bohren würde, um ihn endlich aus dem Leben zu reißen. Aber es blieb still. Schließlich nahm Pressure die Hände doch vom Gesicht. Das Flimmern in der Luft war verschwunden.

Kein WetGrave.

Stattdessen war da die Travelbase, sie wurde von schummrigem Notstromlicht erhellt – und Pressure beobachtete das alles durch sein linkes, sein normales Auge. Er sah auf das Display am Arm des Securities.

Nichts. Schwarz.

Die Bürger wirkten ähnlich ratlos wie Pressure, sahen an sich herab, fragten sich wohl, was gerade geschehen war, achteten nicht auf den entstellten Riesen, der an ihnen vorbeieilte, um einen Blick in den Warteraum zu werfen. Auch dort: Ratlose Bürgergesichter. Der Travel

Consultant hackte fassungslos auf seinem T-Terminal herum. Nicht einmal die Securities achteten auf Pressure. Verstört starrten sie auf ihre Order Displays, die ähnlich schwarz waren wie die Bildschirme des T-Terminals. Pressure pflückte ihnen die Waffen aus den Händen, aber sie schienen es nicht einmal zu registrieren. Wie Roboter, denen man den Strom abgestellt hatte. Nun, irgendwie stimmte das ja auch.

Pressure wusste nicht, wie lange der Blackout andauerte. Irgendwann flackerte die Beleuchtung wieder, das Notstromlicht verschwand und das Leben kehrte auf das T-Terminal und die Order Displays zurück. Aber das, was auf den Bildschirmen erschien, schockierte die Securities und den Travel Consultant mehr als das vorherige Schweigen. Der Travel Consultant schlug auf die Tastatur ein, rüttelte an der Eingabekonsole, aber die Botschaft auf den Bildschirmen ließ sich nicht vertreiben.

System Configuration required. Travel Base detected. Processing Destination Code.

Der Travel Consultant griff sich in die Haare, ließ sich in seinen Sessel zurückfallen, entdeckte Pressure, erschrak, bemerkte dann den Ausdruck auf dem Gesicht seines Gegenübers, und zog offenbar den Schluss, dass Pressure wusste, was hier vor sich ging. „Was hat das zu bedeuten?", krächzte er. „Es ist, als würde der Rechner keine einzige Base mehr kennen. Als müsste er sie erst finden und ihren Frequenzcode neu berechnen und …"

„Katharsis", sagte Pressure nur.

Der Travel Consultant verstummte sofort. Selbst die Securities zuckten bei diesem Wort zusammen, blickten endlich auf und registrierten Pressure. Sie versuchten nach ihren Waffen zu greifen und begriffen erst nach einer Weile, dass sie ihrer schon längst entledigt worden waren. Die Bürger schienen zu spüren, dass sich etwas verändert hatte. Zaghaft strömten sie zusammen; auch diejenigen im Sprungraum stießen zu den anderen.

„HypCon ist tot", erklärte Pressure gleichmütig. „Das Basenet ist gelöscht. Wenn ihr überleben wollt, müsst ihr es wieder aufbauen." Er bohrte seinen Blick in die Securities. „Nur, alleine werdet ihr das nicht schaffen." Pressure ließ seine Worte wirken. Er begann zu grinsen. Dann schnappte er sich einen Bürger, führte ihn zum T-Terminal und begann ihm den Basenetrechner zu erklären.

Oh, er bildete sich nicht ein, die Securities entmachten und die Strukturen HypCons auf einmal niederreißen zu können. Aber auch die Securities und die Oberschicht wussten, dass sie nun die Hilfe der Mittelständischen brauchten – und die der Bürger. Sie konnten nicht mehr auf ihrem Wissen hocken, mussten es weiterreichen, das Werkzeug ihrer Macht aus den Händen geben.

Es würde kein schneller Umsturz werden, aber die Oberschicht und die Securities würden langsam unterspült werden, bis sich ihre Macht dann irgendwann aufgelöst hätte wie ein Kalkbelag unter ständiger Brandung.

Eine neue Ära war angebrochen.

Garris hatte sie durch seinen Tod ins Leben gerufen.

Nun lag es an Pressure, diese Ära von ihrer Nabelschnur zu befreien und dazu zu bringen, selbstständig zu atmen und zu leben. Ein hartes Stück Arbeit. Er betrachtete die Bürger, die sich zaghaft an den Securities und dem Travel Consultant vorbeischlichen. Allmählich wuchs die Traube, die sich um Pressure sammelte und gebannt auf den Monitor über dem T-Terminal blickte.

Pressure grinste in sich hinein.

Nun denn. Showtime…

Nachwort

WetGrave. Im Jahr 2002 ist diese Geschichte geweckt worden, von einer harmlosen kleinen Schreibaufgabe. Mit aller Kraft hat sie sich aus mir herausgekämpft, hat die geplanten 10 Normseiten unter sich zermalmt und mir den ersten Verlagsvertrag eingebracht.

Jetzt, 14 Jahre später, bewohnt WetGrave noch immer einen ganz besonderen Platz in meinem Herzen, allerdings hat das Handwerk, mit dem die erste Version zu Papier gebracht wurde, eindeutig Patina angesetzt. Also habe ich sie kurzerhand noch einmal komplett neu geschrieben, und in die fähigen Hände meiner Lektorin Ulrike Strerath-Bolz gelegt, bei der ich mich an dieser Stelle herzlich bedanken möchte.

Wer in den Genuss der alten Version von 2002 kommen möchte, der kann hier abermals zu WetGrave heruntertauchen: www.suspensiac.de/?page_id=7 Diesmal jedoch mit einem inszenierten Hörbuch als Vehikel, und umgeben von einem stimmungsvollen Sound. Ach ja, kostenlos ist das Ganze außerdem.

Einen epischen Dank an Maik Schmidt, der für dieses großartige Cover verantwortlich ist! Soweit ich weiß, hat er mir trotz all der Sonderwünsche kein Totes Tor an den Hals gewünscht, und für diese professionelle Geduld danke ich ihm besonders.

Bedanken möchte ich mich auch bei meinen Eltern, die es noch immer erdulden, dass ich ihren Garten gelegentlich als Schreibwerkstatt missbrauche, bei meinen Kolleginnen und Kollegen, die mir mit Rat und Tat zur Seite gestanden haben, bei meinem Bruder und meinen Freunden, die geduldig mit mir waren, während ich mich in der Überarbeitung vergraben habe, und ganz besonders meiner Freundin, die mich so selbstverständlich an ihrem unglaublichen Erfahrungsschatz hat teilhaben lassen, was Design und SEO betrifft!

An letzter und prominenter Stelle möchte ich Euch danken, ohne die das hier alles gar nicht möglich gewesen wäre: Meine Leserinnen und Leser! In diesem Sinne eine tiefe Verbeugung, ein Augenzwinkern, und die gehobene Hand zum Gruß - bis zur nächsten Missetat, in freundlicher Ergebenheit,

Alf Stiegler.

Das Buch:

Das 24. Jahrhundert: Die Menschheit nutzt Dimensionssprünge, um die Entfernung zwischen den Sternen zu überwinden. Doch hinter der Sprungtechnologie lauert ein furchtbares Geheimnis. Wie ein Schatten liegt es auf den Luxusunterkünften, die zu Tausenden die Erde umkreisen. Nur Pressure, ein weltweit gejagter Technik-Schmuggler, ist der Wahrheit auf der Spur. Als ihm ein streng geheimes Datenmodul in die Hände fällt, beginnt ein Abstieg ins Grauen und ein Kampf ums Überleben der gesamten Zivilisation.

Der Autor:

Alf Stiegler wurde 1976 in Nürnberg geboren und hat schon wenige Jahre später entdeckt, dass er lieber Geschichten erfindet, als sich Klassenaufsätzen zu widmen. Mit 14 Jahren hat er sein erstes Honorar für die „Lesergeschichte der Woche" erhalten, abgedruckt in der Heftromanreihe seines damaligen Helden „John Sinclair". 2015 ist sein Roman "Der vergiftete Raum" als eBook-Serial bei Weltbild erschienen.

ALF STIEGLER

DER VERGIFTETE RAUM

① IRRLICHTER

Weltbild

Alf Stiegler

Der vergiftete Raum
Irrlichter

Psychothriller
eBook-Serial Teil 1 von 7

Leseprobe

Weltbild

Besuchen Sie uns im Internet:
www.weltbild.de
Copyright © 2015 by Weltbild GmbH & Co. KG, Steinerne Furt,
86167 Augsburg
Projektleitung & Redaktion: usb bücherbüro, Friedberg/Bay.
Covergestaltung: Atelier Seidel – Verlagsgrafik, Teising
Titelmotiv: © Thinkstockphoto
E-Book-Produktion: Datagroup int. SRL, Timisoara
ISBN 978-3-95569-745-7

Diese grausamen Geschichten, die sie uns erzählen. Ich habe von Anfang an gewusst, dass sie nicht wahr sind, dass sie nur ein Trick sind, um uns zu beeinflussen, um uns zu bändigen, um uns gefügig zu machen – wir alle haben das gewusst.

Und dennoch.

Diese Geschichten - es ist, als ob sie wie Spinnweben von der Decke des Waldheims hängen, und sobald man das Internat betritt, verfängt man sich in ihnen. Anfangs spürt man es kaum, ein kurzer Schreck, dann kehrt die Vernunft zurück, man lächelt verschämt über diese lächerliche Angst und hofft, niemand hat mitbekommen, dass man ihren Geschichten für den Bruchteil einer Sekunde Glauben geschenkt hat.

Aber dabei ist es nicht geblieben.

Es breitet sich aus.

Meine Schwester behauptet, dass sie anfängt, Dinge zu sehen, die gar nicht da sind; als ob Erinnerungen, die sie zu vergessen versucht, durch diese Geschichten zum Leben erweckt würden und Gestalt annähmen. Die Schatten ihrer Vergangenheit, sagt sie, beginnen die dunklen Ecken des Waldheims zu bevölkern und sie zu quälen. Auch ich glaube manchmal Bewegung zu sehen, wo keine ist.

Aber zu wem sollen wir gehen?

Niemand hat einen Menschen, dem er sich anvertrauen kann, den meisten unserer Eltern hat man ohnehin das Sorgerecht entzogen, und wer würde uns schon glauben?

Es ist, als hätte man uns Fesseln und Knebel angelegt.

Einmal habe ich versucht, meiner Therapeutin davon zu erzählen, aber die hat meine Geschichte als Versuch abgetan, „vom eigentlichen Thema der Sitzung abzulenken". Wenn es so etwas gäbe, hat sie gesagt, dann wäre es eine „visuelle Manifestation verdrängter Bewusstseinszustände", und wenn uns das tatsächlich allen im Waldheim widerfahren würde, wäre das ein „kollektives Trancephänomen", so ähnlich wie die spontanen Heiligenerscheinungen, die Gläubige in den Vereinigten Staaten erlebt haben wollen. Sehr selten, wie sie mir mit mildem Lächeln versichert hat, und wissenschaftlich überaus umstritten.

Aber ich weiß was ich sehe, und ich bin nicht die Einzige. Diese „visuellen Manifestationen verdrängter Bewusstseinszustände" entwickeln ein immer stärkeres Eigenleben. Mittlerweile haben wir eine eigene Bezeichnung für diese Erscheinungen.

Wir nennen sie Geister.

Ich beginne mich jedoch zu fragen, ob das, was mich seit Tagen beobachtet, tatsächlich ein Geist ist.

Ich kann ihn hören.

Ich kann ihn riechen.

Er kommt mir immer näher.

Vorgestern habe ich ihn flüstern gehört: „Ich werde dich umbringen."

Meine Schwester versichert mir, dass auch ich mir das alles nur einbilde, dass meine Phantasie ebenso überreizt ist wie bei jedem anderen, der hier in diesem Internat festsitzt und sich diese verdammten Geschichten angehört hat.Ich würde ihr so gerne glauben.Aber heute Morgen habe ich Druckstellen an meinen Handgelenken gefunden.

Als hätte mich jemand festgehalten.

Und Geister hinterlassen keine Druckstellen.

Es bleibt mir also nichts anderes übrig, als all das hier aufzuschreiben und zu hoffen, dass ich es mir wirklich nur einbilde.

Falls ich es mir nicht einbilde, hoffe ich, dass irgendjemandem diese Zeilen zugespielt werden, der uns glaubt. Und ich hoffe, dass uns dann nicht schon längst etwas zugestoßen ist.

Auf jeden Fall aber bedeutet es eins, wenn Sie diese Zeilen in Händen halten:

Das Waldheim atmet.

Und wir benötigen Ihre Hilfe.

Der vergiftete Raum – Leseprobe

Der 1. Kreis: Irrlichter

1.1. (Juliana)

Juliana Braun legte die Blätter beiseite, ließ sie mitsamt dem Briefumschlag in ihrer Handtasche verschwinden.

Ein Scherz.

Es konnte nur ein Scherz sein.

Sie lehnte sich zurück und leckte etwas Eiskrem von ihrem Löffel. Die Sonne schien ihr ins Gesicht, ungewöhnlich stark für den ersten Sonntag im März, und blauer Himmel strahlte über ihr. Das Eis schmolz auf der Zunge, und sie spürte, wie sich die großen Pistazienstücke gegen ihren Gaumen drückten. Herrlich.

Du lenkst ab.

Die kleine Eisdiele im Herzen Augsburgs wurde von Menschen geradezu überflutet, aber Juliana störte das nicht. Sie saß da wie ein Fels, fühlte sich wie eine Zuschauerin inmitten eines hektischen Theaterstücks und erfreute sich an den kleinen Details.

Du lenkst ab!

Ein kleiner Junge, der die Straßenbahnen bestaunte, die mit frisch poliertem Frühlingsglanz prahlten; Touristen, die viel zu warm gekleidet waren für dieses Wetter und mit hochroten Köpfen aus dem Perlachturm taumelten, weil ihnen die vielen Treppen den Rest gegeben hatten; ein Spatz, der einer Frau im Geschäftsanzug die Eiswaffel vom Teller klaute.

Hör auf, abzulenken!

Karma, dachte Juliana und grinste. Sie hatte die Frau nämlich vorher beobachtet, wie sie die Bedienung – ohnehin schon völlig überfordert vom Besucherandrang – am Arm gepackt hatte, um nach einem Teller zu verlangen, auf den sie ihre Waffel legen konnte – „damit die Waffel nicht aufweicht, während ich den Eisbecher esse." Und als ob der Spatz ahnte, dass er Julianas Sympathien auf seiner Seite hatte, flüchtete er sich unter ihren Tisch und verspeiste dort sein Diebesgut mit zufriedenem Zwitschern, ohne sich auch nur im Geringsten für die Frau zu interessieren, deren lautstark geäußerter Ärger im Geräuschmeer aus Unterhaltungen und Geschirrklappern ertrank.

Juliana strich sich über das Gesicht.

Also gut, dachte sie, *ich lenke ab.*

Sie setzte sich aufrecht hin.

Seufzte. Blinzelte. Zog den Brief aus dem Umschlag und betrachtete ihn erneut: Auf dem Umschlag war als Absender nur „Waldheim" zu lesen. Das und die Postleitzahl. Ausgerechnet diese Postleitzahl. Ein weiterer Beweis dafür, dass sich jemand einen Scherz mit ihr erlaubte, nachdem er sich mit ihrer Arbeit und ihrem Werdegang befasst hatte. Trotzdem hatte sie das Gefühl, ein kühler Windzug würde ihr in den Nacken fahren.

Sie strich sich über die Gänsehaut, die sich dort ausbreitete, und entfaltete den Brief. Besonders diese Passagen sprachen sie an, natürlich, es war, als würden sie glühen.

„Visuelle Manifestation verdrängter Bewusstseinszustände", murmelte sie. „Kollektives Trancephänomen. Geister." Sie seufzte. Offenbar hatte jemand nicht nur den Absturz ihrer Karriere genau verfolgt, sondern auch ihre Fachartikel, die ihr das Genick gebrochen hatten.

Es konnte einfach nur ein Scherz auf Kosten von *Queen Suicide* sein.

Dieser verdammte Brief gehörte in die Mülltonne.

Aber Juliana warf ihn nicht in die Mülltonne. Sie faltete ihn sorgfältig zusammen, steckte ihn wieder in den Umschlag, verstaute ihn in ihrer Tasche und stellte diese dann zurück auf den freien Stuhl an ihrem Tisch.

Ganz ruhig.

Ganz kontrolliert.

Ihre zitternden Hände hätten sie trotzdem warnen müssen. Sie türmte sich auf, diese Woge aus Erinnerung. Es prickelte. Juckte. Brannte. Juliana Finger nestelten bereits an dem Armband herum, und die Angst trieb ihr die Hitze ins Gesicht. Als sie das endlich bemerkte war es jedoch schon zu spät.